MATHIEU PALAIN

Sale gosse

ROMAN

J'AI LU

À Salem Kessar
et à Jean-Pierre Ferrovecchio

Tekber ou tensa. *Tu vas grandir et tu vas oublier.*

La phrase des vieux Arabes aux petits
qui tombent dans la rue.

Mars 2001, dans l'Essonne.

Marc Winzembourg n'était pas ce qu'on appelle un type inquiet. Il avait ce truc rassurant qu'ont les héros dans les films pour enfants, la conviction que la pire des situations n'est jamais perdue.

Cette nuit-là, il marcha droit vers le frigo, l'ouvrit comme s'il s'attendait à y surprendre quelqu'un, et se posta, en slip, dans la lumière. Il opta pour une bouteille d'Oasis, compta dix gorgées dans sa tête et enfouit le cadavre sous les épluchures pour éviter que sa gosse lui fasse une scène au petit déj. Les mômes, ils ont beau rien savoir de la vie, parfois, c'est quand même eux qui font la loi.

Quand il était petit et qu'un cauchemar s'accrochait à ses rêves, Marc pensait très fort à Sid Going, un crâne chauve tout en muscles avec des bacchantes sur les joues qui jouait demi de mêlée chez les All Blacks. Marc l'adorait. Il fermait les yeux et se repassait toujours la même action en noir et blanc : Sid Going extrait le ballon d'une mêlée ouverte, feinte la passe à droite, casse le premier placage, cadre un défenseur, le déborde et s'en va aplatir entre les poteaux. La foule se rue sur la pelouse. Peu importait l'adversaire, au moment de s'endormir, Sid Going marquait son essai.

Cette nuit, il tournait en rond à cause d'un gamin de huit mois. Wilfried, il s'appelait. Sa mère, vingt et un ans, vivait avec un débile qui lui tapait dessus. Marc recevait le couple dans l'après-midi, il allait devoir leur expliquer qu'ils risquaient de perdre la garde.

— Qu'est-ce que t'as eu ? T'as pas arrêté de bouger, murmura sa femme en fermant les pans de sa robe de chambre.

Elle disparut et Marc l'entendit préparer le café qu'elle boirait après avoir embué la salle de bains.

— Papa ! Tu m'allumes la télé ?

Marc resta une seconde au bord du lit, à contempler ses pieds.

— Papaaaaa ! J'sais pas comment ça marche !

— Lou ! Pas de dessins animés quand y'a école ! il gueula.

— Steuplaît steuplaît steuplaît.

Les mains jointes en prière, la gamine se crispa à la vue de sa mère, une serviette en paréo nouée sous l'aisselle, une autre entortillée dans les cheveux.

— Lou ! Va t'habiller ! Si t'es pas prête, je te laisse ici et tu t'expliqueras avec la maîtresse.

Marc souffla. Il pensait à la fin de journée, quand tout serait fini et qu'il retrouverait son canapé.

Il avait quarante-trois ans. Si vous le croisiez en soirée et lui posiez la question « Sinon, dans la vie, vous faites quoi ? », il hésitait à mentir, inventer un métier qui n'appelle pas d'avis, informaticien ou contrôleur de gestion. Puis il avouait du bout des lèvres qu'il était dans le social. Si vous insistiez – « Et dans quel secteur, le social ? » –, Marc répondait qu'il était éducateur à la Protection judiciaire de la jeunesse. Vous le preniez alors pour un flic, il vous rétorquait : « Nan, j'aide des gosses en danger. » Il n'entrait pas dans les détails. Quand les dossiers étaient trop durs, trop crus, presque toujours des histoires de viol, il soufflait seulement : « C'est flippant la quantité de merdes que je dois brasser. »

Il avait eu l'impression d'entrer à la PJJ parce qu'il était au chômage et qu'il fallait payer le loyer, mais il était prédestiné. Sa mère avait dix-sept ans quand elle tomba enceinte. Ses parents à elle avaient disparu dans un accident de voiture, la laissant seule et sans soutien, à se faire traiter de pute parce que son ventre enflait et qu'il n'y avait pas de père. Le père, lui, avait des parents, mais trop nobles pour entacher leur nom de famille, alors la petite s'était débrouillée.

Marc avait passé les trois premières années de sa vie dans un dortoir, au milieu d'autres gosses laissés là le temps que leur mère s'en sorte. Quand la sienne était venue le chercher, Marc ne l'avait pas reconnue. Elle était accompagnée d'un grand homme au visage fin, les cheveux élégamment peignés sur le côté. Ensemble, ils avaient fait comme si cet homme était le père de Marc. Et en un sens, c'était vrai. Il était là pour lui apprendre à nager dans la Loire, tirer à la carabine sur des pains de savon et monter une canadienne sous l'orage. Les week-ends *à l'aventure*, ils partaient à vélo avec la tente, du pâté dans les sacoches, direction l'est de Montreuil et les bords de Marne. Soixante bornes aller-retour par les sentiers forestiers et le chemin de halage. On aurait pu dire à Marc qu'ils avaient changé de pays, il n'aurait pas été surpris.

Un jour que son père était au bureau et sa mère au marché, Marc retourna l'appartement. Il avait quinze ans. Il ne savait pas ce qu'il cherchait, mais d'instinct il était allé de pièce en pièce, avait ouvert les placards, les tiroirs. Et finit par trouver une enveloppe contenant quatre photos aux bords dentelés. Les trois premières étaient tirées d'une même série : sa mère, jeune et souriante, se promenait au bras d'un type dans les allées de ce qui ressemblait au jardin du Luxembourg. La quatrième était un portrait du type en question. Sa chemise à col large et sa veste en laine lui donnaient de la prestance, mais il semblait jeune, Marc s'était tout de suite reconnu. Le même nez. Les mêmes traits. Ça se voyait, c'était tout. Il laissa la photo en évidence sur la table. Sa mère s'effondra en la découvrant. Il promit de garder le secret.

Quand son père l'engueulait pour ses punitions à l'école – Marc refusait l'autorité –, il manqua plusieurs fois de lui cracher la vérité, mais il s'était retenu. Maintenant il avait quarante-trois ans, une femme, une fille qui aimait son grand-père, et même s'il ne se passait pas un jour sans qu'il y pense, Marc se disait qu'il avait fait sa vie, c'était bon, c'était fini.

L'école ne lui avait pas plu. Il avait redoublé le CP, le CM1, la quatrième, et décroché son bac à vingt et un ans. Son truc, c'était le rugby. Il jouait en Nationale, demi de mêlée comme Sid Going, mais à l'époque on ne répondait pas « rugbyman » à ses parents quand ils s'inquiétaient de votre avenir, alors Marc s'était dit : « Pourquoi pas prof de gym ? » Il fit son service en Allemagne et intégra l'école des profs d'EPS, à Koenigshoffen, en banlieue de Strasbourg, d'où il se fit renvoyer pour « contestation des méthodes d'enseignement ». On était en 1980, Marc avait besoin de bosser et c'est au café, en feuilletant *France Soir,* qu'il tomba sur cette annonce : « La direction de l'Éducation surveillée recrute des éducateurs sportifs. » C'était flou mais on comprenait l'essentiel : il s'agissait de faire courir des délinquants.

Le poste était à Juvisy, dans l'Essonne, au centre d'observation public de l'Éducation surveillée. Un mur d'enceinte, des fossés de cinq mètres, des ailes en étoiles, des judas aux chambres, un mitard. Le directeur avait beau grimacer en entendant le mot *prison*, ça sentait déjà fort la taule. Les mômes, ils avaient tué, violé, ou trempé dans la drogue et la prostitution. La violence était quotidienne. Peu importe votre carrure, vous saviez qu'il y en aurait toujours un pour vous sauter dessus.

C'était arrivé en menuiserie. Marc était passé rendre ses clés au professeur et s'attardait devant les jeunes, affairés à découper des planches de chêne à la scie sauteuse. Près de la porte, un maigrichon s'appliquait sur le chambranle, enfonçant des clous sur les croix dessinées au crayon à papier. Il planta son regard dans celui de Marc. Un sourire fendit son visage.

— Si je te mets un coup, là, tu fais quoi ? lança-t-il en agitant la tête de son marteau.

— Vas-y, tu verras, répondit Marc.

Le môme se rua sur lui et se fit briser les dents de devant. Il ne pesait pas soixante kilos mais des troubles psychopathiques le poussaient à se mettre en danger. Quand il eut seize ans, un camion le renversa. Ce fut, en somme, un soulagement.

À la fin de l'année, Marc avait passé le concours d'éducateur et s'était retrouvé au foyer de Draveil. C'était une maison en bord de Seine pleine de petits nés dans la violence, qui avaient passé des mois en fugue, à vivre la nuit, à se laver quand ils pouvaient. Des petits qui vous riaient au nez si vous leur parliez de travailler.

— T'en as un de travail, toi, tu gagnes combien ? ils lançaient.

À l'époque, Marc touchait trois mille francs par mois.

— Putain, c'est ce qu'on fait dans la journée !

Leur faire entendre qu'en rentrant dans le rang ils éviteraient la taule ou le cimetière, c'était comme crier dans le désert.

À quatorze ans, la mort, ils n'y croyaient pas.

C'était l'époque de l'îlot Chalon, dans le douzième arrondissement, près de la gare de Lyon. Un squat transformé en supermarché de la came. Sur les douze gamins du foyer, dix nageaient dans le trafic. Ils sortaient l'après-midi, prenaient le RER pour Paris, rentraient défoncés à 22 heures et partaient en vrille dans la nuit. Marc les veillait en descente d'acide, frissonnants d'angoisse, persuadés qu'ils allaient crever. Accro à la colle à rustine de vélo, l'un d'eux la respirait dans un sac plastique et devenait fou furieux, frappant tout ce qui se présentait. Il avait été jusqu'à démonter la trancheuse à pain pour découper un éducateur.

Les filles, c'était autre chose. Elles vendaient leur corps contre un fix d'héroïne. Marc les récupérait dans des squats dégueulasses, parfois en pleine passe. La plus fragile avait treize ans, il lui avait concocté une désintox en Bretagne pour l'éloigner de la came. Ils marchaient sur la plage à marée basse, discutaient en fumant l'herbe que Marc lui avait achetée pour que le sevrage ne soit pas trop raide. La gamine avait replongé dès son retour à Draveil. Avec la drogue, y'avait rien à faire. Tous ceux qui s'envoyaient à l'héro sont morts du sida ou d'overdose.

Puis Marc avait rejoint le foyer d'Évry, où bossait Salem, un éducateur entré à la justice en même temps que lui. Le foyer, c'était deux appartements l'un au-dessus de l'autre dans une barre de la cité du Champtier-du-Coq. Vous pouviez passer cent fois devant sans vous douter qu'il y avait douze gamins placés là, juste derrière ces fenêtres.

Les éducateurs s'étaient organisés en autogestion : pas de chef, pas de privilège, tout le monde se tapait les nuits dans les escaliers, à surveiller que les petits restent dans leur lit. Un soir, tard, Marc vit une BM métallisée se garer au pied de la tour. Deux types en descendirent, plutôt classes, pas des tronches de maquereaux.

Ils montèrent au deuxième.

— On est les oncles de Shaïnez. On vient la chercher.

Shaïnez tapinait en forêt de Sénart. Elle avait quinze ans. Le juge l'avait placée le temps de l'enquête. Personne n'était censé savoir où elle créchait. Marc se rengorgea.

— Messieurs, vous faites erreur, y'a pas de Shaïnez ici. C'est un foyer du ministère de la Justice, les jeunes sont mineurs, je n'ai pas le droit de les laisser sortir.

Les types insistèrent :

— Vous êtes certain qu'il n'y a pas une Shaïnez dans cet appartement ?

Et, après un moment pendant lequel Marc se prépara à mettre un coup de tête, ils remontèrent dans leur berline. Ce genre de visite arrivait.

Puis il y eut David. « L'enfant du placard ». Sa mère n'en voulait pas. Elle cacha sa grossesse, accoucha et fit comme s'il n'existait pas. Quand David avait eu quatre ans, elle l'avait attaché au tuyau qui courait le long des plinthes de la salle de bains. La chaîne lui cisaillait la taille. Son monde s'arrêtait à ce carrelage froid, entre le lavabo et la baignoire. Il avait droit aux restes. Le matin, un bol de café avec un morceau de pain. Sa mère coupait l'eau en partant au boulot. S'il avait trop soif, David tirait sur sa chaîne et lapait le fond des toilettes. La nuit, quand la folie prenait possession de la pièce, sa mère lui liait les mains dans le dos, le plongeait tête la première dans l'eau froide, et jouait avec les frontières de la noyade. Elle obligeait David à ravaler ce qu'il rendait. Cramait ses cheveux au briquet, le frappait avec l'aiguille de ses talons, versait de l'alcool à brûler sur le carrelage et y foutait le feu. Un jour, elle déménagea. Le nouvel appartement avait l'avantage d'être doté d'un couloir avec, au bout, un placard assez grand pour y faire entrer un enfant de onze ans dont la croissance avait été ralentie par les mauvais traitements. David mesurait un mètre trente. Sa mère lui donna un seau, un matelas en mousse, l'enferma et l'oublia. La seule lumière qu'il recevait se faufilait par le trou de la serrure. Cette nuit dura un an. Puis, un jour de grosse chaleur, David s'échappa.

Les passants se retournaient sur ce gamin au teint blanc qui nageait dans un blouson de ski. Aveuglé, David avait du mal à marcher. Il se roula en boule dans un jardin et attendit. Lors de sa première rencontre avec un psychiatre, David se dessina en étron. Une « masse excrémentielle », disait le rapport. Effrayé par le monde extérieur, il vivait au foyer comme dans son placard. Parler, jouer, manger, se battre, il fallait tout apprendre. En trois ans auprès de Marc, David découvrit la neige, la forêt et la mer. Il apprit à skier, à monter à cheval, à nager dans les vagues.

Marc quitta le foyer peu après son départ. Il allait avoir une gamine et supportait mal de se taper les nuits, de rentrer quand sa femme se levait, de batailler pour poser des vacances. Surtout, ça lui pesait d'être en première ligne. Un poste s'était libéré, et depuis six ans il montait chaque matin dans son break Nevada pour rejoindre la petite maison du milieu ouvert, un pavillon en pierres apparentes, coincé entre la fac et l'Agora, le centre commercial.

Au foyer, Marc vivait avec douze jeunes. Passé éducateur de milieu ouvert, on lui demandait de suivre vingt-cinq délinquants en même temps, en respectant des horaires de bureau. Il fallait accepter de ne plus s'attacher à des David et des Shaïnez comme s'ils étaient vos enfants. Au début, ne plus les avoir au réveil, aux repas, c'était dur… même les nuits à leur courir après lui manquaient. Son chef lui avait alors dit une phrase qu'il répétait maintenant aux stagiaires :

— Le foyer, c'est le cinéma, et le milieu ouvert, la photographie. Un film, tu le vis à je ne sais combien d'images par seconde, et l'histoire t'embarque. La photo, elle reste figée, mais à force de la regarder, tu perçois les détails, le second plan. Le milieu ouvert, c'est ça : tu as l'impression d'avoir perdu le contact, alors qu'en fait tu as pris du recul pour comprendre ce que tu regardes.

Ce matin, il avait du retard. Une mamie à la boulangerie avait tergiversé devant les pains aux raisins avant de se rabattre sur les éclairs. Ça n'avait pas surpris la boulangère. Il était probable qu'elle lui faisait le coup chaque semaine.

Marc retrouva tout le monde dans la cuisine, les six éducateurs, les deux psychologues et Laurence, l'assistante sociale.

— Trente ans, ça m'avait foutu un coup, je me sentais encore gamine, dit Nathalie. Mais là non, trente et un ou trente-deux, c'est pareil, je m'en fiche.

Marc l'embrassa, lui souhaita joyeux anniversaire en dévoilant les croissants aux amandes couverts de sucre glace, et chercha à en couper des parts égales, comme pour un gâteau. Teddy racontait sa visite, la veille, chez des jumelles dont il était le référent.

— Le père dit qu'il a arrêté de boire et qu'il n'est plus qu'à dix bières par jour. Il vit dans une baraque au bord de la N20. La juge a exigé que les filles aient un espace à elles, alors il a monté des cloisons de Placo pour faire des chambres, mais y'a pas de chauffage, pas de salle de bains, et là avec les - 3, - 4 qu'il a fait, les gamines, il est obligé de les foutre sous des édredons comme y'avait chez ma grand-mère.

— Attends, c'est le type qui frappait sa grande, là ?

— Ouais, sa gosse de seize ans qui veut plus le voir parce que après trois canettes il l'insulte de tous les noms : « Sale pute, ça fait seize ans que je t'élève et c'est à eux que tu parles, ces enculés de la PJJ ! Chienne, salope », etc.

— Je vois.

— Bref, hier, rebelote. J'arrive devant, je vous jure, y'avait du brouillard, du vent, il caillait, je me sentais dans un film pas cool avec un petit gros qui meurt au générique. J'appelle sur le fixe, pas de réponse. Ils ont pas de sonnette, alors je m'annonce par-dessus la clôture, je vois trois énormes clébards qui accourent en montrant les crocs. J'étais pas bien.

On était parfois tenté de croire que Teddy en rajoutait mais, vu les cas qui lui passaient entre les mains, il n'en avait pas besoin.

— Ils sautaient à un mètre cinquante, ils auraient pu me bouffer sans forcer. Et moi, j'étais là, à insister sur le fixe, je me disais : « Putain, à tous les coups le vieux s'est endormi, arraché dans son taudis. » Tout à coup, comme si mes yeux faisaient la mise au point, je découvre l'écriteau qui était sous mon nez depuis le début : « Chiens dressés. Entre qui veut. Sort qui peut. »

Éclats de rire.

— Je vous mens pas, je suis remonté dans ma voiture, je suis rentré fissa et je me suis fait couler un bain.

Marc pensa à Wilfried.

— Allez, on y va. La journée va être chargée.

— C'est la synthèse du petit ? demanda Teddy.

— Oui, la mère vient cet après-midi.

Les synthèses avaient toujours lieu en salle de réunion. Les courants d'air sifflaient dans la cheminée. Chacun s'installa avec son café. Laurence, l'assistante sociale, s'enveloppa dans une écharpe de laine. Dehors, il faisait zéro degré.

— La mesure concerne le jeune Wilfried, huit mois, commença Marc. La maman s'appelle Louise Desson, elle est née en janvier 1980, ce qui nous fait... vingt et un ans.

Marc se tourna vers Romane, la psy.

— Tu l'avais hier en entretien, non ?

Romane souffla.

— Oui... Bon, elle déconne complètement. Beaucoup de toxiques, de l'héroïne, des médocs hyper-forts qu'elle avale n'importe comment. De la morphine, aussi, qu'elle prend soi-disant pour soigner les dents de sagesse qu'elle refuse de se faire enlever... Et puis le dialogue a été très compliqué. Tu lui parles de bosser, elle te dit non, tu lui dis qu'il faut arrêter les drogues, elle pète les plombs, « Et mon gamin, faut me le laisser, sinon, c'est sûr, je vais me défoncer grave »... Je veux pas être jugeante, hein, mais hier, j'ai eu du mal.

Sous les yeux de Marc s'étalaient des notes manuscrites et des rapports d'expertise psychiatrique.

— Madame est l'unique enfant d'un couple qui se sépare quand elle n'a que huit mois. Sa mère a dix-sept ans à sa naissance. Violences conjugales, un papa jaloux, la mère obtient la garde, puis la perd, et ainsi de suite jusqu'aux quinze ans de la petite, qui s'installe alors pour de bon chez son père. Elle en est d'abord heureuse, mais elle dit aujourd'hui qu'il était très absent et qu'elle aurait eu besoin d'un cadre éducatif.

— Elle est d'où, cette femme ? demanda Elena, la stagiaire.

— Vigneux. La cité, là, avec les tours roses...

Marc se remit à lire :

— Louise multiplie les problèmes de comportements et quitte l'école en troisième, sans obtenir le brevet des collèges. À seize ans, elle part vivre chez des amis, dans une grande maison abandonnée. Une sorte de squat dans lequel elle est violée, en 1995, par l'un de ses colocataires. Louise dit qu'elle avait été hospitalisée en psychiatrie dans la foulée, et qu'un diagnostic de bipolarité avait été établi, mais on n'en a pas trouvé trace. Ce qui est certain en revanche, c'est qu'elle multiplie les tentatives d'autolyse entre 1995 et 1997, nécessitant à chaque fois une hospitalisation.

— Autolyse, c'est suicide ? coupa Elena.

— Ouais, des médocs. Son père va la voir à l'hôpital mais pas sa mère, ce qui l'attriste beaucoup, poursuivit Marc.

— C'est une impulsive, dit Romane. À dix-sept ans, elle se met en couple avec un homme plus âgé qui l'abandonne en... juin 1998, je crois. Marc, tu me reprends si je dis n'importe quoi.

Et à partir de là elle se retrouve seule, criblée de dettes, elle n'a plus de fric pour bouffer, elle pèse trente-quatre kilos, elle veut mourir. Elle le dit comme ça : « Je voulais en finir. »

— Le tournant, c'est en juillet 1998, continua Marc. Elle pense que c'était un soir de Coupe du monde parce que ça klaxonnait à tout va dans le quartier. Elle est seule, déprimée, et se jette par la fenêtre. Elle en parle comme d'une pulsion. Une minute plus tôt, elle n'y pensait pas. Elle se fracture le bassin et passe plusieurs mois à l'hôpital.

— C'est là qu'est conçu Wilfried, compléta Romane.

Louise Desson n'avait jamais été au point sur la contraception. Elle voyait les capotes comme un luxe, et personne n'avait pris le temps de lui expliquer la pilule. De toute manière, elle était si maigre qu'elle n'avait plus de règles. Elles sont revenues à l'hôpital. Après quatre mois de soins. Le jour de la sortie, Louise s'était retrouvée sur le trottoir, ses affaires roulées en boule dans un sac-poubelle. Elle n'avait pas d'argent, pas d'ami, elle était triste et tentée par le produit. Le premier bar fit l'affaire. Un Antillais lui paya un verre. Un homme gentil. Elle pense que c'est lui, le père de Wilfried.

En la voyant seule le jour de l'accouchement, la réceptionniste de la maternité lui demanda si c'était « un sous X » : « Si c'est le cas, y'a des papiers à signer. Tenez, ça dit que vous acceptez qu'on vous enlève l'enfant immédiatement. »

Les contractions se rapprochaient, Louise ne comprit pas la question. En salle de travail, la sage-femme mit le nouveau-né sur son ventre et les laissa seuls un moment. Louise parla au bébé, palpa, explora son petit corps du bout des doigts. Elle l'appela Wilfried comme si elle avait toujours su que son fils s'appellerait comme ça.

— Comment va l'enfant ? demanda Nathalie.

— Très bien, dit Romane. C'est un petit métis avec des frisettes et de belles joues à bisous. Ses courbes de poids et de taille sont dans la norme. Il sourit, il est calme, il ne montre pas de signes de manque, c'est déjà énorme.

Silencieuse depuis le début, Sandrine, éducatrice elle aussi, intervint.

— Attendez, on fait comme si c'était rien, mais y'a bien eu un viol ?

Marc acquiesça.

— Oui, quand elle avait seize ans.

— Et c'est à seize ans qu'elle se met à déconner, nan ?

— Ça avait déjà bien commencé, mais ça dégénère à partir de 1995. Elle a porté plainte à l'époque. L'affaire a été classée faute de preuves.

— Elle vit de quoi ? poursuivit Sandrine.

Laurence, l'assistante sociale, attrapa une feuille sous son carnet de notes :

— Alors... Madame est titulaire du RMI couple pour 4 325 francs, la famille doit s'acquitter de 300 francs de loyer résiduel.

— Comment ça, la famille ? s'étonna Teddy. Je croyais qu'on connaissait pas le père.

— Oui, alors c'est là qu'on aborde l'autre problème, dit Marc. Madame s'est mise en ménage peu de temps après la naissance de Wilfried avec un homme qui s'est empressé de se faire coffrer pour de la récidive de délits routiers. Il est sorti y'a deux mois et ils vivent maintenant à trois dans son appartement. L'« information préoccupante » vient des voisins. Ils disent que l'enfant pleure toute la journée, que le couple n'arrête pas de s'engueuler et que Monsieur a tendance à devenir agressif quand il est alcoolisé. Madame a retiré sa plainte mais elle est allée chez les flics il y a trois semaines pour des violences. Donc voilà, quand on rajoute les toxiques, on peut s'interroger sur un placement.

— Vous en avez parlé avec la mère ? demanda Elena.

— Oh oui ! lâcha Romane.

Elle leva les yeux au plafond.

— Elle ne veut rien entendre. Dès que j'aborde la question, elle monte dans les tours. En gros, elle trouve que tout va très bien et menace de se foutre en l'air si on lui retire son fils.

— En même temps, elle n'a plus que lui, dit Teddy.

— Ça m'emmerde, souffla Marc. C'est pas une mauvaise mère.

— Vous la voyez quand exactement ?

— À 16 heures. Restez dans le coin, au cas où ça pète.

Marc et Laurence passèrent en cuisine se resservir du café.

— Bon, il est sorti quand son mec ?

— Le 16 janvier.

Marc composa le numéro du Service pénitentiaire d'insertion et de probation, qui suivait tous les détenus de l'Essonne à leur sortie de prison.

— Son numéro d'écrou ? demanda la voix dans le téléphone. Ah, il est en incidence chez nous. Il avait un rendez-vous le 1er février, qu'il n'a pas honoré. Il a appelé pour en avoir un nouveau, auquel il ne s'est pas présenté non plus. Le 7 février.

— Putain, souffla Marc. On a été alertés ici pour le bébé de sa compagne. Ça ne nous rassure pas du tout…

Laurence comprit son regard. Retirer un fils à sa mère, il connaissait.

— Marc, on agit dans l'intérêt de l'enfant.

Il parcourut ses notes comme s'il cherchait une circonstance atténuante. De l'autre côté de la fenêtre, les peupliers balançaient leurs branches décharnées.

— J'espère que la juge ne va pas nous faire porter la responsabilité du placement, souffla-t-il.

— On lui dira qu'on est très inquiets parce que les gendarmes nous ont rapporté des cris. Le bébé pleure, et voilà.

— Comment ça, et voilà ?

— Une bipolarité pas soignée, de l'alcool, de la toxicomanie, un enfant de huit mois au milieu...

Marc se mordit la lèvre.

— On fait ça ? demanda Laurence.

— On passe un coup de fil au conseil général. C'est pas sûr qu'ils aient de la place pour le petit.

Il enclencha le haut-parleur. Une voix de femme résonna dans le bureau :

— Conseil général de l'Essonne...

— Marc Winzembourg, du milieu ouvert d'Évry. Je vous appelle pour l'information préoccupante concernant le jeune Wilfried Desson.

— Le bébé à Vigneux ?

— Oui, la maman est toxicomane et le beau-père sort de prison, il...

— Je vois pas ce qu'on peut faire.

— Comment ça ?

— Bah, j'ai pas d'autre élément que le signalement des voisins.

— Oui, mais est-ce que vous avez de la place en pouponnière ?

— A priori, non. L'audience est prévue pour quand ?

— Dans trois semaines. Le 17 mars.

— Eh bien, on verra dans trois semaines !

— Euh... d'accord... Merci. Au revoir.

Marc resta figé une seconde, le combiné à l'oreille.

— Elle a pas dit au revoir cette salope...

— Faudra dire à Madame de faire une demande d'aide juridictionnelle. Elle va avoir besoin d'un avocat, souffla Laurence, les yeux dans le vague.

Un vieux souvenir lui revenait. La main d'un enfant dans la sienne, au tribunal, alors que les flics conduisaient la mère en prison. Laurence avait craqué, pas le gamin. Il l'avait regardée par en dessous et lui avait dit : « Tu sais, madame, faut pas pleurer. Peut-être que ce sera mieux pour moi. »

Marc ouvrit la porte-fenêtre et se roula une clope sur le balcon. Un souffle glacé s'engouffra dans la pièce.

— Ils me foutent en l'air à dire « démerdez-vous ». Putain, ils voient pas qu'on est débordés ?

Marc tira deux longues taffes.

— Le môme, il a huit mois, il vit chez les fous et faudrait qu'on assume tout ?

Il regarda sa montre, écrasa sa fin sur la balustrade et rentra. Recroquevillée sur sa chaise, Laurence frissonnait, entourant de ses doigts la tasse encore chaude.

Louise Desson, blonde platine, se pointa avec une demi-heure de retard.

— Désolée, c'est à cause du goûter du petit.

Remplumée, elle portait du rouge à lèvres et un chemisier qui lui gonflait la poitrine. Son mec la suivait, en bonnet et veste de treillis militaire. Une barbe poussait tant bien que mal sur sa peau grêlée.

— Wilfried pleure beaucoup en ce moment, dit Louise. Je lui donne à manger et tout, mais ça change rien, je crois que c'est les dents.

Les yeux grands ouverts au fond de sa poussette, le petit était emmitouflé dans une couverture qui lui recouvrait les pieds.

— Quand est-ce qu'il a vu le pédiatre pour la dernière fois ? demanda Laurence.

Elle posa devant lui le hochet en plastique qui traînait en salle d'attente.

— Le médecin ?

— Oui.

— J'sais plus... C'est dans le carnet de santé. Décembre, je crois.

— Vous aviez des rendez-vous chez la puéricultrice et vous n'y êtes pas allée.

Wilfried prit le hochet et le secoua dans tous les sens. On avait du mal à s'entendre.

— J'y suis allée mais ils étaient fermés. Deux fois, j'y suis allée, même ! Après, c'est pas ma faute s'ils sont pas ouverts. Ils préviennent pas, en plus.

Marc confirma. La protection maternelle et infantile avait fermé quelques jours à la fin du mois. Laurence se tourna vers le conjoint.

— Et vous, monsieur, le service de probation, pareil, c'est en option ?

— Ah ouais... J'ai pas eu le temps, là, mais je vais y aller.

— Vous êtes noté au stylo rouge chez eux. Ça ne fait pas deux mois que vous êtes sorti de prison et ils vous cherchent déjà.

— En fait, j'étais convoqué par le juge, mais plus tard. Le 2 mai, j'crois. Donc je me suis dit que j'avais pas besoin de venir avant, vu que mon rendez-vous était calé le 2 mai.

— On vous appelle, vous y allez. Sinon vous êtes recherché.

— Nan mais hier j'ai déjà passé la journée au tribunal.

Marc leva les yeux de son carnet.

— Pour une autre affaire, enchaîna le mec. Un vieux truc. Je suis resté là-bas douze heures et j'suis même pas passé. Depuis que je suis sorti j'ai que des emmerdes. J'ai perdu mon portable. Je me suis fait radier de l'ANPE. J'ai plus de carte d'identité...

Il ôta son bonnet et se passa une main dans les cheveux. Il semblait ne pas comprendre.

— Moi, je veux bien assumer mes torts, dit Louise. C'est vrai, j'suis pas allée voir la psychologue. Ça me soûle d'y aller. Mais la puéricultrice, je suis désolée, c'était fermé. C'est de leur faute.

— La juge est inquiète, dit Marc. Elle est inquiète parce que les gendarmes nous ont prévenus...

— C'est pas vrai ! Les gendarmes sont jamais venus ! gueula Louise.

— Les gendarmes...

Elle coupa :

— Les gendarmes y sont pas venus pour le bruit, y sont venus pour une histoire de drogue !

— Comment ça ? demanda Laurence.

— Y'a des voisins qu'ont appelé les keufs parce que des petits passent la nuit à appuyer sur la minuterie. Y dealent dans les escaliers.

— Les gendarmes nous ont rapporté que votre bébé pleurait toute la journée et que vous vous criiez dessus.

Louise se prit la tête dans les mains.

— Putain, vous croyez que c'est facile ? On a un stage de drogue à faire, ça coûte 760 francs. C'est peut-être pas cher pour des gens comme vous, mais nous, c'est injouable. Lui, il est sorti le 16 ! Le 20 déjà, on avait plus rien.

— Parlez-en au conseil général, vous n'aurez pas à payer.

Louise baissa le regard vers son enfant. Wilfried tendait la main dans le vide. Son hochet avait glissé sous la table.

— Monsieur, vous ne pouvez pas essayer de l'aider ? demanda Laurence.

Le type haussa le ton.

— Je lui ai dit mille fois qu'il fallait qu'elle arrête avec la drogue !

— Oh, mets pas les choses sur moi ! s'emporta Louise.

— J'aime pas quand elle se shoote ! Et les médocs, ça la transforme en légume. Je sais pas pourquoi elle fait ça, je me shoote pas, moi.

— Je te dis quelque chose quand tu bois ? Alors c'est bon !

— Madame, pourquoi vous n'allez pas chez la psy ? coupa Laurence.

— J'veux pas me faire passer pour une fille qu'a besoin de médicaments pour aller bien. Votre Romane, là ? Je la connais même pas, elle se permet de dire des trucs de ouf ! Au bout de même pas une heure elle m'a sorti des phrases… ça se dit pas, je suis désolée.

— Donc vous préférez aller mal ?

— Des fois, c'est mieux que d'être jugée.

Avant de reprendre des études de psychologie, Romane était éducatrice. Quand Louise était entrée dans son bureau, avec son passé cabossé, elle avait vu un cas d'école : manque d'amour parental, construction dans un sentiment de défaut d'existence, quête d'affection, viol non reconnu en point de bascule et, derrière, la chute, avec des toxiques et des tentatives de suicide. Wilfried arriva là-dessus en « heureux accident ». Dans son rapport, Romane avait indiqué : « Si l'attachement de Mme Desson à son fils est patent, Wilfried est investi de façon narcissique. Elle aime cet enfant parce qu'il lui offre une place dans le monde. »

Louise posa les yeux sur son fils, toujours obsédé par le hochet qui traînait dans la poussière. Elle souffla :

— J'ai pas d'échappatoire.

Le mot sonna étrangement dans sa bouche.

— Si vous aviez un cancer, vous ne réfléchiriez pas, vous prendriez le traitement, dit Laurence. Cette maladie que vous avez, elle se soigne.

Laurence laissa le silence retomber.

— La juge sera moins conciliante. Si ça l'inquiète, elle n'hésitera pas à placer votre enfant.

Le mercredi suivant, en reconnaissant Marc et Laurence dans la salle d'attente du tribunal, Louise s'essuya les paumes sur son jean. Son compagnon se pencha pour lui murmurer quelque chose à l'oreille.

— J'ai pas envie de sourire, répondit-elle.

On entendit ses talons claquer au loin sur le marbre, et la juge invita tout le monde dans son bureau. La drogue, la violence de monsieur, les cris dans l'appartement.

— Je suis pas une puéricultrice, dit Louise. Mais je vais m'en sortir. Avant-hier, je suis allée au rendez-vous.

— Monsieur vous a accompagnée ?

— Nan. Il dormait.

La juge se tourna vers le conjoint.

— Vous avez des problèmes d'alcool, je crois.

— Avant, j'étais un gros fumeur de shit. De cannabis, je veux dire. J'en étais à quinze par jour, facile.

— Quinze quoi ?

— Quinze joints. Des fois, ça montait à vingt. J'ai dû arrêter parce que ça me filait des crises d'angoisse. Du coup, pour m'endormir, ça m'arrive de boire un peu de whisky.

Laurence se permit d'intervenir.

— On assiste à un concentré de la situation. Madame fait des efforts pour avancer, elle se débrouille pour honorer ses rendez-vous, et Monsieur, il dort.

— C'est pas mon fils, lâcha-t-il.

— Tais-toi, grinça Louise.

— C'est la vérité. Il est pas de moi, ce gosse. Ça se voit, nan ? Il est noir. Je vais pas non plus me faire juger pour un gosse qu'est pas à moi.

— Quand je vois tes parents, encore heureux !

Wilfried avait passé Noël chez ses parents à lui. Pour calmer ses pleurs, on lui avait donné du foie gras et fait boire un peu de champagne. Les adultes étaient soûls. Ils avaient fumé toute la nuit près du berceau.

— Monsieur, votre compagne a porté plainte contre vous. Que s'est-il passé ? demanda la juge au regard froid.

— J'sais plus. C'est elle qui disait ça, mais elle a retiré sa plainte.

— Mais pourquoi a-t-elle déposé cette plainte ?

— J'sais pas, moi, faut lui demander.

— Je l'ai ici, la déposition de Madame.

La juge prit sur son bureau un petit paquet de feuilles agrafées.

— Vous voulez que je la lise ?

— Nan, c'est bon. Mais elle m'a quand même mis un coup de bouteille sur la tête.

La juge se tourna vers Louise.

— Où en êtes-vous avec les médicaments ?

La jeune femme s'essuya à nouveau les paumes.

— C'est dur.

Louise était passée aux antidouleurs. Elle carburait au Vératran et s'envoyait un Sevredol 20 mg toutes les quatre heures. Le silence emplit la pièce, le temps que la juge relise le rapport. En conclusion, Marc avait écrit : « L'impulsivité de Madame, mélangée aux différentes prises de toxiques du couple, vient attiser la braise existante. L'incommunicabilité génère des crispations des deux côtés. Dans ce contexte, Wilfried est exposé à un climat de violence récurrente. »

Au stylo noir, la juge nota :

— Couple inconsistant. Nécessité de placement.

2015

Wilfried savait qu'il se ferait virer. La commission de discipline lui avait collé huit mois de suspension, aucun centre de formation ne conserve un joueur qui n'a plus le droit de jouer. Un blessé, à la rigueur – et encore, on ne s'embêtait plus avec les petits qui se faisaient les croisés –, mais les cas sociaux qui éclataient la mâchoire d'un adversaire à coups de crampons, ceux-là pouvaient aller se faire voir. Des mômes avec du talent, il y en avait des milliers.

Vautré dans un canapé de la salle télé, Wilfried attendait Raphaël, son coach, un rouquin qui avait joué défenseur chez les pros avant de prendre vingt kilos. Raphaël entraînait les moins de quinze ans en rêvant de l'équipe première.

— T'as réfléchi à ce que tu vas dire ?

Wilfried ôta sa casquette et passa une main dans ses boucles décolorées.

— Qu'est-ce que je peux raconter ? Il connaît l'histoire.

— Comme tu veux, souffla Raphaël en désignant le fond du couloir.

Les murs étaient tapissés de portraits d'anciennes gloires : Corentin Martins, Bernard Diomède, Sabri Lamouchi, Lilian Laslandes, Olivier Kapo, Djibril Cissé, Philippe Mexès... Wilfried ne les avait jamais vus jouer. Ses plus vieux souvenirs de matchs à la télé remontaient à l'été 2010, quand l'équipe de France avait fait grève à l'arrière d'un bus.

Le directeur de la formation était un chauve aux bras maigres qui tentait de cacher son ventre de bière sous des chemises informes. Il souriait rarement, et jamais avec les enfants.

— Huit mois sans jouer, dans la vie d'un footballeur, c'est une éternité.

Wilfried voulait que ça aille vite et qu'on ne lui demande pas de s'excuser.

— Pourquoi tu t'es pas défendu devant la commission ?

— J'vais pas inventer. Il a voulu faire le bonhomme, j'ai répliqué, il a payé, fin de l'histoire.

— Wilfried, tu es dans un club professionnel ici, pas dans ta cité de merde. Le mec en question, il a le nez pété et des fractures de la mâchoire.

Le gamin haussa les épaules.

— Il s'en remettra.

— T'as de la chance qu'il porte pas plainte. T'as vu les photos ? Il t'a dit quoi pour que tu pètes les plombs comme ça ?

— Vous voulez me virer, non ? Alors allez-y, au lieu de tourner autour du pot, là...

Le directeur posa ses mains à plat sur le bureau.

— Arrête de jouer les caïds. Et regarde-moi !

Wilfried gardait les yeux accrochés au bout de ses pieds. Il se trimballait toujours en chaussettes dans ses claquettes. Il disait que les crampons le serraient. Les claquettes, au moins, ça reposait.

— T'as le talent, Wilfried. T'es un putain de joueur, mais t'as déjà quinze ans ! Le foot, ça va vite. Tu dois penser, manger, dormir professionnel. En plus, tu le sais, on a eu des agents pour toi. Des mecs qui cherchaient le numéro de tes parents, qui voulaient savoir si t'avais signé, et tout.

Il prenait son temps entre les phrases.

— Si t'arrêtes d'insulter l'avenir, t'as une place dans ce métier. Continue comme ça et tu finiras par te bouffer les couilles.

Wilfried fut surpris par cette vulgarité, mais ne broncha pas. Le directeur nota qu'il ne portait pas le survêtement bleu et blanc de l'AJ Auxerre, mais un ensemble Lacoste avec des liserés jaune et vert qui rappelaient les couleurs du Brésil.

— Enlève cette casquette, dit Raphaël.

Wilfried s'exécuta. Le directeur prit une inspiration, et au fond il n'eut pas d'état d'âme :

— Je suis désolé, Wilfried, on ne peut pas te garder. Ce ne serait pas juste envers ceux qui sont irréprochables.

Pas un mouvement. Pas un battement de cils. Pour se donner du relief, Raphaël ajouta :

— C'est dur mais c'est le haut niveau, c'est comme ça.

Wilfried pouffa de rire.

— Wesh, vous croyez c'est le Barça ici ou quoi ? Vous galérez en Ligue 2 contre des Niort ou des Orléans et vous êtes là, « le haut niveau, nanani nanana ». Gardez-le votre club de campagnards, là…

Les deux hommes s'échangèrent un regard, et d'une voix neutre, le directeur ajouta :

— J'ai appelé ton père. Il est sur la route, il arrive. Maintenant tu vides ta chambre et tu t'en vas.

— C'est pas mon père.

Wilfried se leva et disparut dans le couloir en frottant ses claquettes sur le béton ciré. Il pensait à son beau-père, seul sur l'A6 dans un silence de mort. Thierry n'allumait jamais la radio, ça l'empêchait de penser.

— Alors ? lança Toni.

Il se redressa sur son lit en tapotant l'oreiller. Toni jouait milieu de terrain, lui aussi. Plutôt 10, mais il pouvait dépanner en 6 quand l'équipe devait serrer derrière. Wilfried nota qu'il portait les bas de contention que leur avait conseillés le kiné.

— Alors viré.

— Comment ça ?

— Viré. Ils me tèj.

— Ah merde. Putain…

Toni ne sut pas quoi dire. Il regarda Wilfried souffler, déverrouiller son portable et le ranger dans sa poche avant de tirer le sac de sport qui dormait sous son lit depuis l'été dernier. Un mouton de poussière roula au milieu de la pièce. Wilfried ouvrit le placard et attrapa des piles de fringues qu'il jeta en vrac au fond du sac. Il décrocha les médailles punaisées par leur cordon bleu blanc rouge et les fourra dans la poche latérale.

Il avait onze ans le jour de son arrivée. C'était le plus petit du centre, mais le docteur lui avait promis une poussée de croissance après avoir jeté un œil à ses testicules. Quatre ans plus tard, il mesurait un mètre soixante-seize pour soixante-six kilos. Il allait encore prendre du muscle dans le buste, mais ses cuisses étaient déjà celles d'un milieu capable de courir vite sur vingt mètres et de frapper fort des deux pieds.

Il rajusta sa casquette et balaya la pièce du regard. Le mur au-dessus de son lit lui parut très blanc tout à coup.

— Bon, j'y vais. Fils, courage à toi. Tu diras aux autres que j'ai pas eu le temps de faire le tour, hein.

— Putain, ça me fait bizarre.

— T'inquiète. Dis-toi, ça fait quatre piges que je suis là, en scred j'commençais à en avoir marre.

— Tu vas jouer où, du coup ?

— J'sais ap, frère. On verra.

— Vas-y, bah, prends soin de toi, hein.

— Yes, toi aussi. À bientôt, fils.

Wilfried alla attendre son beau-père devant le portail. Une trentaine de moins de onze ans, éparpillés en archipel, s'entraînaient sur le synthétique qui jouxtait le stade Abbé-Deschamps. Maximum deux touches de balle, à la fin ça décalait pour un centre et l'attaquant finissait en première intention. Les frappes partaient dans tous les sens.

— Salut, gars, lança Thierry.

Wilfried sursauta, étonné de ne pas avoir entendu le vieil Espace ralentir sur le parking.

— Ça va ? bredouilla Wilfried.

Thierry portait un jogging en coton et un K-way froissé. Il avait dû partir juste après le coup de fil, sans prendre le temps de se changer.

— T'as tes affaires ? il demanda.

— J'ai que ça, répondit Wilfried en désignant le sac à ses pieds.

Thierry n'avait pas l'air énervé. Il savait, bien sûr, que son fils était renvoyé, mais là, tout de suite, il n'y avait rien à dire.

— Y'a besoin que je signe quelque chose ou on peut y aller ?

— Nan, c'est bon, il répondit, et d'un coup de menton Thierry désigna le siège passager.

Le vieil Espace sentait les vacances, comme si le cuir défoncé des sièges retenait le soleil d'été. Ils longèrent les quais de l'Yonne où Wilfried allait courir à l'aube, à jeun pendant les stages de pré-saison. Ça commençait autour du 20 juillet, les coachs mettaient le paquet sur la course à pied pour que les mômes perdent les kilos pris dans les familles. Après les derniers sprints, il fallait tendre son poignet à un assistant qui prenait votre pouls, notait le chiffre dans un carnet, vous demandait d'attendre une minute et recommençait pour calculer votre vitesse de récupération. Au réveil, le cœur de Wilfried battait à trente-huit pulsations par minute.

Il n'avait jamais eu à perdre un kilo.

Une pluie fine effleura le pare-brise. À peine touchaient-elles la vitre que les gouttes se faisaient chasser en traînées par les balais d'essuie-glaces. Wilfried resta hypnotisé quelques secondes par ce spectacle et détourna le regard pour voir la ville une dernière fois. Une péniche était amarrée au quai. Il en avait déjà vu sur la Seine, pleines de sable et de graviers, mais celle-ci avait une table de jardin sur le pont et des géraniums au bastingage. En grandissant sur une péniche, on devient pêcheur, se dit-il, et il s'imagina en salopette, assis sur une bourriche, à jeter de l'amorce dans une eau sombre pour attirer les gardons. Au péage, Thierry ralentit, prit un ticket et remonta sa vitre. Une bourrasque le fit frissonner.

— Arrête-toi à la prochaine, steuplaît, demanda Wilfried.

— OK.

Puis après un temps :

— T'as envie de pisser ?

— Ouais.

— Y'en a une dans vingt kilomètres.

Et Thierry plongea dans le silence. Ses lèvres bougeaient comme s'il parlait à voix haute et qu'on avait coupé le son. Une main sur le volant, l'autre sur le levier de vitesses, même lancé en cinquième, sans vitesse à passer. Wilfried démêla ses écouteurs et lança une playlist pour couper avec le ronronnement du diesel.

Il avait dérouillé ce mec d'instinct, sans penser à l'après. Sans imaginer que sa carrière serait menacée. Cette carrière qui devait décoller le jour où les gens du quartier entendraient son nom à la télé : « Desson récupère dans le rond central », « Desson s'approche du ballon, il va tirer ce coup franc ». Wilfried avait huit ans quand il y avait pensé sérieusement. Ensuite, il s'était mis à redouter son anniversaire. Les cracks étaient repérés très tôt, il le savait. Alors que ses potes se lamentaient de l'enfance, attendant d'être grands comme on attend Noël, chaque nouvelle bougie sonnait pour lui le tic-tac d'un compte à rebours. Déjà dix ans. Déjà onze. Il entrait en sixième quand était venue la proposition de l'AJ Auxerre.

Thierry gara le vieil Espace à sa place au pied de la tour. Par temps de pluie, le quartier affichait la tristesse de ces vieillards au teint blafard, aux veines bleutées, qui ne tiennent plus à la vie que par le tuyau de la perfusion.

L'ascenseur remarchait. Dans le couloir du douzième, ça sentait le poulet rôti et les légumes grillés. Son nom s'étalait sur la porte, « Wilfried Desson », à côté de celui de ses parents, « Thierry et Anna Renault ». Un tablier noué autour de la taille, Anna jaillit de l'appartement pour embrasser son fils.

— Tu veux manger quelque chose, Wilou ?

Il était 18 heures. Elle enchaîna les maladresses, comme s'il fallait repousser le silence.

— Ç'a été, sur la route ?... T'avais pas match ce week-end ?...

Wilfried laissa son sac dans l'entrée avec les questions de sa mère. Sa chambre sentait le frais, comme quand on vient d'aérer. Il avait oublié le poster de Xavi au-dessus de son lit, mais sinon, rien n'avait changé. Sous ses fenêtres, la Nationale 7 était là, près du terrain d'honneur cerclé de tartan. À côté, le dojo, et plus loin, le tennis. Quatre enfants se faisaient des passes avec une balle en mousse sur les vieux terrains envahis par la mauvaise herbe. Des racines gondolaient la surface, le club avait cessé de les louer après qu'un joueur s'était brisé une cheville en montant à la volée. Depuis, les petits de la cité les squattaient pour des dérapages à vélo et des soirées de galère passées à fumer de l'herbe en attendant que la nuit vienne. Ils n'avaient nulle part où aller, à part le parc, mais c'était toujours plein de poussettes et de mômes auxquels il fallait faire gaffe. Au loin, un RER se faisait avaler par la gare de Grigny-Centre. Wilfried enfila un short et partit courir. De sa tour jusqu'à Soisy, en passant par les bords de Seine, il y avait dix kilomètres. Il les avala à pleine vitesse en relançant dans les côtes pour maintenir son cœur en stress. Il traversa à l'écluse et repartit sur l'autre rive, longeant les baraques hors de prix qui s'alignaient du bon côté du fleuve. Dans ce coin de banlieue, la Seine traçait une frontière sociale. D'un côté, les villes bourgeoises, avec leurs maires de droite, leurs maisons de retraite et leurs golfs résidentiels : Draveil, Soisy, Étiolles, Saint-Germain-lès-Corbeil, Saint-Pierre-du-Perray… De l'autre, les villes métissées, avec leurs cités rivales, leurs centres commerciaux et leurs collèges en zone violence : Viry, Grigny, Évry, Corbeil-Essonnes, Ris-Orangis. Au bout de la ligne droite, Wilfried traversa le pont et rentra en sprint. Ça lui prenait souvent, ce besoin de pousser son corps pour le sentir vivre. Le souffle qui accélère en fréquence, le cœur qui tape en rythme, Wilfried pensait à ce dessin animé qui passait il y a longtemps à la télé, *Il était une fois... la Vie*. Plongé à l'intérieur d'un corps humain en plein effort, on voyait les globules rouges passer la vitesse supérieure pour alimenter les muscles en oxygène. Sur chaque accélération, Wilfried imaginait des millions de petits bonshommes rouges, tirés d'un coup de leur sommeil pour irriguer ses cuisses en carburant.

Il grimpa au douzième par les escaliers et fonça à la salle de bains. L'eau chaude le rassura. Il pensa aux vestiaires, à Auxerre, quand il restait la main collée au bouton de la douche pour que l'eau ne s'arrête plus de frapper ses épaules. L'hiver, quand il faisait vraiment froid, il lui fallait dix minutes pour retrouver des sensations dans les doigts et les avant-bras. Il restait là, assis sur le banc, dans le brouhaha de l'après-match, à attendre de pouvoir délacer ses crampons. Le lendemain, il en gardait des douleurs, comme des bleus dans les poignets.

Anna l'intercepta dans le couloir :

— T'es sûr, Wilou, tu veux rien manger ?

— Nan, c'est bon. Je vais me coucher, il répondit, mais une fois dans son lit, la fatigue s'était envolée.

Wilfried hésita à se branler, se disant que ça l'aiderait à trouver le sommeil, mais il n'en avait pas envie. Il pensa à Toni, seul dans leur chambre, au centre. Au match de samedi, à son numéro 8 porté par un autre. Puis il sombra sans savoir à quel moment il s'était écrasé sur l'oreiller.

Thierry et Anna discutaient en picorant dans le plat de poulet. Thierry répéta les mots du directeur. Elle plaquait une main devant sa bouche, comme si son mari lui racontait un accident de la route. Wilfried traversait une mauvaise passe, mais Anna ne le pensait pas capable d'une telle rage.

— Écoute, exposa Thierry, il faut qu'on lui parle. Will a de la chance, le mec aurait pu porter plainte.

— Mais au bout des huit mois, à Auxerre, ils vont le reprendre ?

— Anna, putain... Fais un effort ! C'est fini, Auxerre. Il est viré. Ça veut bien dire ce que ça veut dire.

Anna posa sa fourchette en équilibre sur le bord de l'assiette et alla remplir son verre au-dessus de l'évier. Elle se tut un instant, de peur de craquer.

— Et comment il va faire pour le brevet ? elle demanda.

— Alors là, le brevet... Je suppose qu'il faut l'inscrire à côté. C'est quoi son collège de secteur ? Camus ?

— Oui, c'est Albert-Camus, répondit Anna en fermant le robinet.

Elle but son verre d'une traite.

Ils s'étaient rencontrés à vingt-deux ans. Thierry l'avait branchée dans un café. En couple chacun de leur côté, les deux autres ne furent qu'un détail à régler. Trois mois plus tard, ils prenaient un appartement à Ris, près de l'Intermarché. Elle, l'étudiante infirmière, lui, le plombier-chauffagiste. Ils avaient vingt-sept ans quand ils essayèrent d'avoir un enfant. Ils en avaient vingt-neuf quand on leur annonça que leurs chances flirtaient avec la zone miraculeuse. Anna entama une analyse. Le désir d'enfant occupait tout l'espace, elle pleurait en voyant une poussette et s'en voulait d'envisager la séparation. Quand Thierry émit l'idée de devenir famille d'accueil, elle refusa, déclarant qu'elle était prête à élever ses enfants mais pas à réparer ceux des autres. Pendant un temps, ils rangèrent les papiers et firent comme si le débat n'avait jamais existé. Puis Thierry proposa de voir cela comme une expérience. S'ils devaient venir un jour à l'adoption, au moins, ils auraient eu un échantillon. La première année, on leur confia Jennifer, une gamine de six ans qui rentrait chez ses parents le week-end. Ensuite il y eut Yanis, qui ne resta que trois semaines. Et Wilfried. On leur expliqua que le bébé avait été placé en pouponnière sur injonction du tribunal car sa mère était toxicomane. Louise, elle s'appelait. Au début, elle venait chaque week-end et passait l'heure dans le canapé, à serrer son fils contre son sein, à l'embrasser sur la bouche.

Un éducateur assistait aux visites pour s'assurer qu'elle ne parte pas avec le petit. Anna ne ressemblait pas à Louise, mais elle l'aimait bien. Elle la raccompagnait à l'ascenseur et la regardait depuis la fenêtre de la cuisine se traîner jusqu'à l'arrêt de bus. Elles n'eurent pas le temps de se connaître vraiment. Voir Wilfried chez ce couple si parfait, dans cet appartement bien décoré, c'était à chaque fois un déchirement. Louise s'évapora dans la nature.

L'Aide sociale à l'enfance informa Thierry et Anna que Wilfried allait rester chez eux. Au début, les éducateurs passaient de temps en temps, puis le temporaire devint permanent, on laissa Wilfried les appeler papa et maman.

Il apprit son histoire à six ans, sur la terrasse de la pizzeria d'un camping corse avec une vue imprenable sur la baie de Porticcio. En août, le soleil rougissait en plongeant derrière les Sanguinaires. Anna adorait cet endroit. Elle expliqua à Wilfried que sa mère biologique s'appelait Louise, qu'elle n'avait plus de maison et qu'elle ne pouvait pas vivre sur un bout de trottoir avec un bébé dans les bras.

— T'étais grand comme ça, dit Anna en écartant les mains.

Elle précisa que la situation ne devait pas durer mais que les visites avaient été cruelles pour Louise, et qu'un jour elle avait disparu.

— C'est pour ça que tu t'appelles Desson, mon chéri, et pas Renault comme papa.

Wilfried sirotait un Orangina. Il fit du bruit avec sa paille en aspirant la pulpe et demanda à sortir de table pour aller jouer avec ses copains, deux frères qui préféraient envoyer des reprises de volée entre les pins parasols plutôt que de finir leurs calzones.

Wilfried marcha à dix mois. Il eut l'idée de taper dans un ballon la première fois qu'il en vit un. Partout où on l'emmenait, les réunions de famille, les goûters d'anniversaire, les soirées au restaurant, il avait le sien sous le bras, prêt à dribbler des chaises et des défenseurs invisibles. Les vrais footballeurs jouent n'importe où. Cinq minutes en forêt et vous le trouviez en train de jongler avec des pommes de pin, pied gauche, pied droit, en comptant dans sa tête pour établir un record. Les adultes écarquillaient les yeux.

— S'il devient pas pro, celui-là, j'y comprends plus rien.

Et Tomo, l'entraîneur, passait derrière pour calmer son joueur :

— Will, c'est du cirque ça, pas du football.

Sur sa carte de séjour, Tomo s'appelait Tomislav. Il était croate, mais à son arrivée, en 1984, on disait *yougoslave*. Il avait atterri à Ris-Orangis en provenance de Cesena, un club italien posé au bord de l'Adriatique, où il jouait en Série A. Tomo n'était pas rouillé. À trente-quatre ans, il aurait encore pu jouer en marchant dans n'importe quel club de Série B, mais il avait envie de voir la France, et un ami à la mairie de Ris pouvait lui signer un contrat d'entraîneur. La semaine, il s'occupait des petits, et le week-end, il enfilait le maillot jaune et bleu de l'équipe première. La tribune latérale n'avait jamais été aussi pleine. Les gens ne venaient pas encourager les seniors de Ris-Orangis, ils venaient au spectacle, applaudir le numéro 10 qui avait été champion d'Europe des moins de vingt ans avec la Yougoslavie. Tomo était grand, solide, élégant, avec quelque chose de Johan Cruyff dans le port de tête, entre la noblesse et la fausse nonchalance. Tomo voyait tout *avant*. Il recevait le ballon d'un défenseur, et sans contrôle envoyait une transversale qui tombait un mètre cinquante devant l'attaquant. Il est inutile d'expliquer la subtilité du football à ceux qui n'ont jamais aventuré leurs pieds au fond d'une paire de crampons, mais le talent tient là, dans cette capacité à visualiser la passe une demi-seconde avant de l'offrir.

Wilfried avait rencontré Tomo sur un tournoi de foot en salle. Le Croate se tenait dans un coin du gymnase, en jean et chemise de marque, un café à la main. Il n'était pas censé donner de conseils, mais le junior en charge des poussins flirtait avec sa copine, alors Tomo s'approcha et, avec son fort accent yougoslave, demanda à Wilfried de reculer sur le terrain :

— Tu joues trop haut. Tu butes sur la défense et tu perds tous les ballons. Pas besoin d'attaquant dans ces petits espaces. Reste derrière, observe le jeu et fais tourner. Si tu vois la faille, tu fonces.

Wilfried n'avait que cinq ans, il ignorait tout de ce grand type à l'accent étrange, mais il s'était senti important car, pour la première fois de sa vie, un adulte ne lui parlait pas comme à un enfant. Tomo n'avait pas besoin de crier, il avait ce truc qu'on appelle l'aura, ou le charisme. Quand Wilfried s'énervait contre l'arbitre, Tomo le sortait et lui faisait faire des pompes devant les remplaçants. Le message était clair : « Il n'y a pas de star ici, la preuve, tu es remplaçable. »

Au réveil, Wilfried se demanda comment Tomo prendrait la nouvelle. Il parcourut les notifications de la nuit en se frottant les yeux. Quatre-vingt-douze messages dans le groupe WhatsApp du centre de formation. Ça parlait de son départ. Les mecs lui souhaitaient bonne chance.

Wilfried tenta une incursion dans la cuisine. Anna avait laissé un mot sur la table : un rendez-vous chez le médecin, elle serait de retour pour déjeuner. En ouvrant les placards, Wilfried tomba sur un paquet de pains au lait. Calé sur le rythme du centre – petit déj à 7 heures, école à 8 heures, entraînement à 10 heures et le self à midi avant le retour sur le terrain –, il crevait de faim.

Il se jeta de l'eau sur le visage, attrapa son Lacoste froissé au pied de son lit, enfila sa paire d'Asics usée jusqu'à la corde et s'en alla en claquant la porte, avec dans la poche un billet de cinq euros, ses clés et son portable.

Dans les escaliers, ça sentait le riz parfumé de chez Denise et Kidumu, les Zaïrois du treizième. Leur salon était au-dessus de la chambre de Wilfried. Ils vivaient à sept là-dedans, et même plus quand ils recevaient de la famille de Belgique. À leur arrivée, il y a dix ans, l'appartement, abandonné aux pigeons qui l'avaient recouvert de plumes et de fientes, n'avait ni chauffage ni électricité. La première semaine, ils n'avaient occupé que le salon, blottis au milieu de la pièce avec leurs sacs et leurs couvertures comme les réfugiés d'une catastrophe naturelle. Thierry et Anna les avaient aidés à nettoyer, leur avaient prêté la gazinière.

À chaque fois qu'elle toquait pour une boîte d'œufs ou une brique de lait, Denise remerciait Anna en lui couvrant les mains :

— Je prie le Seigneur, qu'Il vous bénisse, toi et ta famille.

Les enfants étaient petits, ça aurait pu mal tourner.

En bas de sa tour, Wilfried croisa ses voisins, Dimitri et Florian. Les frangins partaient à l'entraînement. Ils étaient métis, comme lui. Avant que Wilfried quitte le quartier, les grands les appelaient « les trois frères ».

Dimitri le vit en premier :

— Wilou ! Quel baye ?

— Wesh, les petits, quoi de neuf ?

— T'es pas à Auxerre ? lança Florian.

— C'est dead, Auxerre, ils m'ont tèj.

Wilfried ne pouvait pas leur mentir.

— Pourquoi ? Ils ont dit t'as pas le niveau, genre ?

— Nan, je me suis battu avec un boug.

— Oh ! Carrément ! Mais il t'avait dit quoi ?

Tout le quartier serait bientôt au courant.

— Tu connais, classique, des insultes...

Florian se frappa la cuisse.

— Aaaaah, Wilou, dis la vérité. T'as voulu faire une Zizou ! Coup de boule !

Wilfried rit pour la forme et demanda s'ils avaient match ce week-end.

— Ouais, y'a le gros tournoi, tu viens ?

— Ah, c'est déjà la Pentecôte, j'avais zappé.

Chaque année en juin, le club de Ris organisait un tournoi international pour les moins de onze ans. C'est là que Wilfried avait été repéré.

— Vous êtes dans quelle poule, vous savez ?

— J'ai plus les noms, dit Florian, mais y'a West Ham, déjà, en Angleterre. Y'a l'équipe 1 de Malaga, eux, c'est des chauds... Et puis des équipes de Ligue 1 genre Bastia et tout. En vrai je sais plus mais y'a du monde, ça va jouer énervé.

Le petit Dimitri s'exclama :

— Y'aura Saint-Maximin aussi !

— C'est un joueur ça, c'est pas un club ! grinça Florian.

Allan Saint-Maximin jouait à Saint-Étienne. C'était un ailier de dix-huit ans que Tomo avait formé. Il manquait de constance mais il avait la vitesse et les deux pieds, tout le monde lui promettait un grand club.

Wilfried tchéka les petits, traversa la rue Johnstone-Reckitt et se retrouva devant la rivière à l'eau verdâtre de la piste d'athlétisme. Au loin, il reconnut la silhouette longiligne du vieux Croate. Tomo posait des plots pour ce qui allait devenir une séance de frappes. Wilfried remonta la fermeture Éclair de son Lacoste pour cacher son t-shirt sale, comme avant d'accoster une fille dans le 407. Ce n'est pas que Tomo l'intimidait, mais il ne voulait pas donner l'impression d'être à l'arrache. L'entraîneur leva la tête comme s'il avait senti son joueur. Son visage s'illumina.

— Will ! Je pensais à toi. Je me disais que la liste du stage allait tomber.

Wilfried reconnut son parfum. Toujours le même. Sa main disparut dans la sienne. Il avait oublié cette histoire de liste. Quatre-vingts gamins sélectionnés aux quatre coins du pays pour trois jours de stage à Clairefontaine qui devaient servir à construire l'équipe de France des moins de seize ans. Wilfried toussa :

— Tomo, faut que j'te dise... Auxerre... Ils m'ont viré.

Des rides creusèrent le front du Croate.

— Ouais... Hier. C'est ma faute, à cause du comportement.

— Qu'est-ce qu'il s'est passé ?

— Une bagarre.

— Comment ça, une bagarre ?

— Bah...

— Mais avec un jeune du centre ?

— Non, non, sur le terrain. Avec un adversaire.

— Sur le terrain ?

Wilfried prit une inspiration. Tomo ne comprendrait pas qu'il ait détruit le visage d'un mec pour un « fils de pute » et un crachat sur ses crampons.

— Le gars m'avait taclé la cheville, c'était la deuxième fois qu'il arrivait en retard... Sans mes protèges, il m'arrachait le tibia...

— Quelle équipe ?

— Le Mans.

Wilfried était incapable de soutenir son regard. Cela faisait dix ans qu'ils se connaissaient mais cela ne changeait rien. À quarante piges, devant ce vieux Croate, il continuerait de baisser les yeux.

Après un silence pendant lequel Tomo semblait chercher une logique à tout cela, il dit :

— Du coup, tu reviens t'entraîner avec nous ?

— Je sais pas. Ouais, je pense. Mais j'ai pas le droit de jouer avant février de l'an prochain, répondit Wilfried.

— Février… 2016 ?

— Ouais. J'ai huit mois de suspension.

— Bordel.

Tomo jurait en français. *Putain*, *merde* et *bordel* en roulant les *r*. Quand il jouait encore le dimanche, ses équipiers l'entendaient murmurer des mots en croate après une passe ratée. Il les prononçait encore – *jebem ti mater* – en ramassant les shampooings que les mômes oubliaient dans les vestiaires.

— Bon, viens quand même t'entraîner demain soir avec les juniors. Il reste trois semaines avant les vacances. Faut que tu conserves le toucher.

— Ouais, je viendrai. J'ai envie de jouer en plus.

— Et tes parents, comment ça va ?

— Ils vont bien.

Quand le recruteur insista pour les convaincre de laisser partir Wilfried à Auxerre, Thierry et Anna demandèrent conseil à Tomo. Élever des footballeurs en batterie n'avait pas de sens pour lui. Un enfant devait rester un joueur, il devait rire, s'amuser. Si vous faites de l'entraînement une corvée, vous dégoûtez les mômes, et à dix-sept ans ils ne peuvent plus regarder le foot à la télé. Pourtant, Tomo leur demanda de faire confiance à leur fils. S'il en avait envie, personne n'avait le droit de l'en priver : « Pour échouer, il faut avoir essayé. »

Avant son départ, Wilfried avait parlé deux heures avec son entraîneur, le long de la ligne de touche. Arrivés au point de corner, ils repartaient dans l'autre sens.

— Le centre, c'est rébarbatif. Tu connaîtras à l'avance les séances du lundi, du mardi, du mercredi…

Wilfried écoutait, tête basse, posant ses pas dans la craie blanche.

— J'ai vu des joueurs partir avec un pied qui ne leur servait qu'à monter dans le bus, revenir en athlètes, des coureurs de cent mètres, toujours aussi mauvais de ce pied faible. On va te parler de tactique, de préparation physique, tu vas faire de la musculation, mais Will, s'il te plaît, n'oublie jamais : le football n'est pas ton métier. Ton métier, c'est d'être un enfant. Il faut que tu t'amuses, que tu dribbles, que tu tentes des trucs et que tu les rates.

Tomo fuyait les dirigeants de la fédération comme la peste et n'allait jamais à leurs colloques d'entraîneurs. Il y a longtemps, quand on le consultait encore pour connaître ses méthodes avec les petits de Ris-Orangis, il leur avait lâché cette phrase, restée en l'air comme une vérité trop crue :

— Les enfants, pour les faire jouer ensemble, il faut les comprendre. Vous devez savoir ce qu'ils ont dans les yeux. Sans la confiance, vous n'arriverez à rien.

Marc avait failli quitter la PJJ. C'était en 2010, quand la France dissertait sur l'impunité des mineurs, le retour du couvre-feu et les ados d'un mètre quatre-vingts qu'on devait pouvoir juger comme des adultes. La question revenait immanquablement et elle le mettait hors de lui : « Si on les met pas en prison à la cinquième condamnation, on en fait quoi ? »

Selon Romane, la téléréalité nous avait fait entrer dans une ère d'exclusion.

— Le concept de la *Star Ac'*, *Secret Story* et toutes ces daubes, c'est d'exclure ceux qui vivent parmi nous. Qu'est-ce qu'on fait, aujourd'hui, avec un gamin qui dérange ? On l'exclut de cours. Puis on l'exclut du collège. Et quand il arrive chez nous avec son étiquette de délinquant, on nous dit : « Enfermez-le, il faut préserver la société ! »

Un jour, en séminaire, Romane avait demandé le micro et vidé son sac devant les huiles du ministère :

— Je me fous de vos chiffres et de votre reconnaissance, j'aimerais juste que vous nous laissiez travailler. Là, l'humain, on le gomme. On se déplace moins chez les gens, on prend moins de renseignements, on ne construit plus de relation avec les parents, on fait tout trop vite et on prend le risque de faire des conneries. Je suis tout à fait capable de pondre une évaluation en deux rendez-vous. Je vois les failles, la problématique, je mets trois mots savants dans le rapport et ça passe. OK. Mais je veux pas faire ça. Si c'est ça le taf, je me casse.

Marc en avait parlé avec sa femme, avec Lou qui entrait au lycée, et avec ceux qui pouvaient supporter des confidences sur sa dépression. Laurence, l'assistante sociale, l'avait délesté d'un poids en lui rappelant que leur métier consistait à gérer la frustration.

— Quand je suis arrivée à la PJJ, je voulais changer le monde. Aujourd'hui, j'essaye de ne pas l'abîmer. Ton métier, c'est semer sans jamais récolter. Tu suis des mômes qui disparaissent dans la nature, d'autres les remplacent et tu dois te remettre à semer. Ce n'est pas pour les pragmatiques qui veulent des résultats.

Marc passa le concours de directeur. Il se voyait comme une sorte de cancérologue : les gens mouraient autour de lui, mais il continuait, coûte que coûte, car, de temps en temps, il en sauvait un.

Ce matin, il recevait Nina, une nouvelle éducatrice venue du foyer. L'agent d'accueil lui ouvrit après un bref coup d'œil à la caméra installée après qu'un père avait tenté de péter la gueule d'un éducateur à la batte de base-ball, et Nina prit place en salle d'attente, près d'un jeune métis avec une constellation de taches de rousseur sur les pommettes. Le volume de ses écouteurs était si fort qu'à cinq mètres on reconnaissait le dernier Chief Keef. Nina aperçut Marc dans le couloir et marcha à sa rencontre.

— On m'a dit que vous aviez un parcours particulier, dit-il en lui serrant la main. Ça m'arrange parce qu'on vient d'accueillir une stagiaire et c'est du très classique : BAFA, licence de droit, concours de la fonction publique.

— Si ça vous rassure, j'ai pas le bac. Le bac à linge, à la rigueur, mais c'est tout.

Son sourire dévoila des dents d'une blancheur impeccable. C'était un toc, peu importe où elle se trouvait, Nina avait toujours sur elle une brosse à dents et du dentifrice.

— Pour vous la faire courte, j'étais nulle à l'école. Je suis toujours nulle mais on s'en fout, je suis plus notée !

— Vous vouliez faire quoi quand vous étiez petite ?

— Avocate. Et puis j'ai vu mes notes en sixième, je me suis dit : « Oublie ma cocotte, trouve autre chose. » Je savais à peine lire. Mes parents s'en étaient pas rendu compte, les profs non plus parce que j'apprenais tout par cœur. Sauf qu'au collège ça marchait plus. J'ai fait deux sixièmes, deux cinquièmes et j'ai lâché l'affaire. J'avais quoi, quatorze ans…

— Vous avez quitté l'école à quatorze ans ?

— Ouais, ou peut-être quinze parce que j'ai fait une année de vente en apprentissage. Si on m'avait demandé, j'aurais choisi peintre ou maçon, mais à l'époque, pour les filles, c'était vente. Je bossais au petit Casino de Soisy. J'ai fait serveuse aussi, fallait que je gagne ma vie.

— Et après ?

— Après, j'ai pris un appart, j'ai commencé un boulot de caissière à Intermarché, puis à Monetto, qui n'existe plus, et au Leader de Ris, près de la gare. J'avais dix-huit ans, avec les ménages je me faisais 10 000 francs par mois. Par contre, je commençais à 4 heures et je finissais tous les soirs à 22 heures.

— Vous avez tenu longtemps ?

— Oh, des années. Puis un matin, un vendredi 13 octobre, je m'en souviens, je vais m'inscrire dans une agence d'intérim à Corbeil, ils me prennent pour de la manutention, et moi, vous voyez, je parle beaucoup, je sais pas pourquoi, le patron, ça lui plaît, il se dit : « Allez, on va l'embaucher, cette pipelette. » Hop, CDI. J'y reste huit ans.

— Vous faisiez quoi ?

— De la manute. J'ai passé le permis cariste, je chargeais et déchargeais les semis. J'étais soi-disant chef. Mon boulot, c'était d'organiser les chaînes, mais je gagnais 1 200 euros comme les autres et je passais mes journées à mettre des dicos en quinconce dans des cartons.

— Et comment vous vous êtes retrouvée à la PJJ ?

— Ma fille est née en 2004, mon fils en 2006. Ça me tentait de faire un boulot avec des gamins, alors je m'inscris à un CAP petite enfance en candidat libre. On va pas me donner une médaille, hein, mais je l'ai eu, et au début je continue mon boulot à l'entrepôt. Sauf qu'il fait - 15 cet hiver-là et je me dis, t'as un petit salaire, tu risques rien, barre-toi. Je m'entendais bien avec le patron, alors je lui demande de me virer. Il me dit : « Faut une faute grave, arrête de venir et je t'enverrai des lettres d'absence non justifiées. » Grosse connerie, je vous conseille jamais de faire un truc pareil, parce que vous galérez comme pas permis pour le chômage et on vous sucre des mois de carence. Bref, je le referai pas. Mais bon, en février 2008, je suis licenciée, et c'est là que ma copine du foot me parle de la PJJ.

— Attendez, vous jouez au foot ?

— Oh oui. Depuis toujours.

Nina avait une sœur jumelle. Une vraie qui lui ressemblait comme deux gouttes d'eau. Elles avaient grandi dans une tour à cinquante mètres d'un city-stade, ces terrains fermés par des barrières où l'on s'affronte à quatre contre quatre.

À six ans, la ligue leur avait signé une dérogation pour intégrer une équipe de garçons. Les jumelles avaient leur vestiaire, on les connaissait dans tout le département. Trente ans plus tard, Nina courait toujours avec le 9 dans le dos.

— Et c'est là que vous avez rendez-vous avec M. Bary.

— Le directeur ? Oui… L'entretien s'était bien passé, je crois, à part que j'avais promis à mes gamins de les emmener à Disney ce jour-là et… Bon, j'avais pas le choix, j'ai envoyé ma mère. Non, le truc qui m'a marqué, c'est que vers la fin il m'a demandé : « Si un gamin fait une grosse connerie, qu'est-ce que vous faites ? » J'ai répondu : « Je lui aurais suffisamment répété qu'il y a des règles à respecter. Si je dois lui envoyer des oranges à Fleury, eh bien, je le ferai ! » Je m'en suis voulu, c'était pas fin… mais bon, trop tard. J'ai commencé la semaine d'après.

En foyer, les éducateurs remplissent un cahier de transmission, une sorte de carnet de bord dans lequel ils notent ce qui s'est passé dans la journée. Nina n'avait pas repris de cours de français. Pour cacher ses lacunes, elle s'enfermait dans le bureau, tard le soir, appelait une copine et se faisait dicter l'orthographe, mot à mot. Il n'était pas rare de la voir quitter le foyer vers 2 heures du matin.

Elle avait tenu des mois, jusqu'à ce qu'elle toque à la porte d'une association qui faisait de l'alphabétisation pour les sans-papiers et les SDF. Sa prof s'appelait Claudine, c'était une retraitée, ridée comme une vieille pomme, qui avait passé quarante ans à enseigner devant des CP. Plastifiés et classés, les cours de Claudine étaient toujours à portée de main, dans un tiroir de son bureau, avec le Bescherelle et le Petit Robert.

— Vous avez souvent changé de métier. Pourquoi rester à la PJJ ? demanda Marc.

— Parce que je fais l'affaire. Et puis on a un confort incroyable. Pendant huit ans j'ai bossé dans un entrepôt glacé. Je faisais des extras le dimanche avec le père de mes enfants, qui est boucher-charcutier-traiteur, et je m'en sortais à peine. Quand je suis arrivée à la PJJ, le premier mois j'ai touché 1 500 euros. J'avais d'un coup dix semaines de vacances alors que depuis des années j'en avais cinq, dont une que je posais pour faire les vendanges. Je me suis dit : « Qu'est-ce que je vais faire de tout ça ? »

Marc n'avait jamais entendu un éducateur se plaindre d'être trop payé.

— En quoi pensez-vous nous être utile ?

— Je vais pas vous détailler ma vie mais j'ai vraiment eu une enfance toute pourrie. Ces gosses, je peux leur faire entendre qu'ils ont deux options sachant les trucs pas marrants qu'ils ont vécus : soit ils se cachent derrière leurs parents alcooliques en se disant qu'ils finiront comme eux, soit ils se bougent parce qu'ils valent mieux que ça. Ce métier, il est super humain. Je dis souvent : « Y'a pas de technique avec les gamins, on range pas des livres dans des cartons. » Parce que justement, c'était ce que je faisais à l'entrepôt, du conditionnement.

— Vous pensez que ça aide, d'avoir votre parcours ?

— Disons que, malheureusement, ou heureusement, je connais la réalité de la vie. Voyez, au foyer y'a un truc qui m'énerve, c'est quand on organise des activités et que j'entends : « On pourrait quand même demander une petite participation aux familles. » Mais la maman, si elle a pas un euro dans son porte-monnaie, elle a beau l'aimer très fort son gamin, où est-ce que vous voulez qu'elle trouve les thunes ?

Marc ne sut pas s'il devait répondre.

— Prenez des smicards, comme à l'entrepôt. Bon, bah les mecs ils vivent pas, ils survivent. Ceux qu'ont des gosses, ils s'en sortent avec les allocs et des pacsons de courses chez Lidl. C'est des cassos, comme ils disent à la PJJ. Bah oui, c'est comme ça, les cassos, ils ont pas d'argent dans le porte-monnaie.

Marc raccompagna Nina sur le trottoir. Dans le silence soudain pesant de son bureau, il eut du mal à se reconcentrer. Il avala un Doliprane.

Nina était le genre de fille à ne pas avoir de parapluie. Elle courut sous le déluge, de sa voiture à la petite maison de la PJJ, et resta cinq minutes aux toilettes, à se passer les cheveux sous le sèche-mains avant de se présenter devant ses nouveaux collègues. Ils étaient tous dans la cuisine, blottis autour du radiateur comme des poussins dans un nid. Julie n'en revenait pas que la mère d'un Bosnien qu'elle suivait depuis cinq ans ose lui quémander de l'argent.

— Tu la vois en plus, elle parle pas bien français, elle répétait : « Donne cinquante euros, on a rien... » J'étais choquée, je savais pas quoi répondre.

Son fils avait dix sept ans, un bracelet à la cheville et une gamine de onze mois qu'il n'avait pas reconnue.

À côté, Teddy et Romane se disputaient au sujet d'une fille qui disait avoir été abusée par tous les hommes de sa famille.

— T'as pas appelé les flics alors que tu m'as dit que tu le faisais ! lança Romane, adossée à la porte du frigo.

Teddy cessa de se gratter la barbe.

— Attends, tu veux qu'on échange nos GAME pour voir ?

Le GAME, c'était un logiciel. Quand une affaire s'arrêtait, le GAME vous attribuait un nouveau jeune, de façon que vous en suiviez toujours vingt-cinq. Teddy enfila son sac à dos :

— En toute franchise, je pense que la gamine affabule mais j'ai rien pour le prouver, donc je le dis pas, on reste dans la protection, elle est déclarée en danger, on la protège. À ce stade, je peux pas faire plus.

Les discussions autour avaient cessé. Teddy posa sa tasse dans l'évier et laissa couler le robinet jusqu'à la remplir entièrement.

— Si tu veux bien, on en reparle plus tard, je devrais déjà être sur la route.

Nina se servit un café. Elle n'avait pas soif mais devait faire sa place dans le cercle. Marion lui présenta son bureau, au deuxième étage.

— Si t'as pas de rendez-vous aujourd'hui, tu peux nous accompagner sur les entretiens. Moi, j'ai pas grand-chose, mais les collègues ont sûrement des trucs pour toi.

Marion était une petite brune de quarante-deux ans – elle en faisait dix de moins. Elle avait passé une licence d'histoire avant de tenter le concours de CPE et réalisé qu'elle ne se voyait pas dans un collège. Ça faisait treize ans qu'elle bossait à la PJJ.

— Je suis de PEAT aujourd'hui, elle dit. Permanence éducative auprès du tribunal, tu connais ?

Nina acquiesça.

— C'est ce que je préfère, être appelée en urgence pour une garde à vue. Parfois t'as même pas une heure pour rencontrer le mineur.

Marion craquait parfois en regagnant sa voiture. Moteur éteint, seule sur le parking du commissariat, elle chialait sur le volant comme si c'était son fils qui allait passer la nuit en chien de fusil sur un banc de ciment.

— J'ai pas honte de le dire, ça me chamboule encore, et c'est bien. Le jour où je rentre à la maison en me disant : « Faut que je passe au supermarché, on a plus de liquide vaisselle », je quitte ce métier.

— Qu'est-ce qui a changé depuis ton arrivée ? demanda Nina.

— Les viols. J'sais pas si c'est le porno... Avec les iPhone, les tablettes, les mômes sont sur Pornhub en deux secondes, et après t'as des petits de onze ans qui passent à l'acte sur leur frère, leur sœur ou la voisine. Ça oui, on en a de plus en plus.

Les pas de Julie se firent entendre dans les escaliers.

— Nina, mon rendez-vous est là. T'es pas obligée, hein, c'est qu'un entretien de fin de mesure.

La gamine s'appelait Ashley, condamnée à des travaux d'intérêt général. Sa mère se tenait un mètre derrière, minuscule dans une énorme doudoune rouge. En lui serrant la main, Nina se fit la remarque qu'il ne faisait pas si froid.

— Ashley, qu'est-ce qu'il se passe si tu ne fais pas tes travaux d'intérêt général ? demanda Julie.

— Bah, j'ai les quatre mois de prison qui peuvent tomber.

— Qui vont tomber. Et ça va t'arriver, t'as eu beaucoup d'absences...

La mère intervint.

— On a pas reçu les convocations, madame. C'est les boîtes aux lettres qui sont cassées dans la résidence. Ashley, elle est allée au tribunal par mandat d'amener. C'est les policiers qui l'ont emmenée.

— Comment vous êtes venues ce matin ?

D'une même voix, mère et fille :

— En stop. Et pour rentrer, on va marcher.

— Ils datent de quand tes délits, Ashley ?

— La dernière bagarre, c'était le 20 juin 2014.

— Tu fais du sport ?

— Nan.

— Envisage la boxe, ou le rugby. Y'a que des bastons dans ton dossier.

Ashley portait un faux perfecto en skaï et un pull imitation mohair. Maquillée sous les yeux, un chouchou dans les cheveux, on n'imaginait pas une teigne qui se battait pour tout et n'importe quoi.

— Le problème des travaux d'intérêt général, reprit Julie, c'est de pouvoir y aller…

— Non mais on va déménager, assura la maman.

— J'ai perdu mon travail en chocolaterie-pâtisserie, ajouta Ashley, du coup j'ai aussi perdu mon appartement. Là, je suis retournée chez ma mère.

— C'était un apprentissage, ton poste en chocolaterie ?

— Ouais. L'apprentissage, c'est bien, je gagne de l'argent. Faut que je continue.

— OK, mais tes quatre-vingt-dix heures de TIG, faut les caler avant, parce que tu feras comment une fois que t'auras un patron ?

La gamine haussa les épaules. Elle n'y avait pas pensé.

— Ça te plaisait au moins ?

— La vente ? Non. Ils m'avaient mise à la caisse, je détestais ça. Et le chocolat, je le mangeais même pas.

Nina esquissa un sourire en grattant son carnet.

— Faut que t'arrêtes de déconner, Ashley, poursuivit Julie. T'as seize ans, c'est ta dernière affaire, hein ? En plus t'as des capacités.

Elle sortit une feuille à en-tête du ministère et s'adressa à sa mère :

— Madame, je vais avoir besoin de votre numéro de portable.

— 06… 25… ah, j'le connais pas.

Elle tira sa fille par la manche.

— Je t'appelle avec ma mienne là, regarde dans tes poches si t'as ta tienne.

Ashley dégaina son téléphone et dicta le numéro à son éducatrice.

— T'es en lien avec ton papa ? demanda Julie.

— Non.

Se tournant vers la mère :

— Vous savez où il est ?

— Dans le 77.

Les deux femmes se fermèrent comme si elles détenaient un lourd secret.

— Avez-vous des questions ? demanda Julie. Des inquiétudes ?

— Juste, pour les travaux du truc, là, les intérêts généraux, dit Ashley. C'est moi qui les cherche ?

— Non, tu vas faire ça avec Mme Mazurkiewicz, ici présente. Mais attention, Ashley, quatre-vingt-dix heures, ça fait un gros mois de travail.

— J'suis payée ?

— Elle est bonne celle-là ! Encore heureux que t'es pas payée, tu paies ta dette à la société !

— Ah, d'accord…

En les voyant s'éloigner dans les rues d'Évry, Julie souffla :

— Ce sont des gens du voyage. La maman ne sait pas lire. Le papa s'est barré sans dire au revoir. Il a gardé la voiture. C'est compliqué pour les femmes.

Julie repoussa les chaises sous la table.

— Avec les gitans, c'est toujours un peu folklo. Je me souviens de deux frères, Domino et Ronaldo. Ils avaient tiré au lance-pierre sur une bagnole de flics. Ils parlaient à toute vitesse, on aurait dit Brad Pitt dans *Snatch*. Le môme, son nom c'était Jean, dit Maurice, dit Ronaldo. Ils vivaient en caravane, ils arrêtaient pas de bouger, j'ai galéré comme pas possible pour avoir des infos. Et l'insertion, je t'explique pas. À moins d'avoir un devis pour du cuivre...

— T'as fait comment ? demanda Nina.

— Je me suis assurée qu'ils pointaient au commissariat. Mais tu verras, l'insertion pour les mineurs, c'est une blague. Ici on a plein de mômes qui tartinent, essaye de leur vendre un apprentissage ! Essaye de leur dire qu'il faut cotiser pour la retraite alors qu'ils ont quinze piges et qu'ils gagnent plus que toi...

— Les gitans, ils avaient pris quoi ?

— Je sais plus, c'était un sketch. Je les avais préparés pourtant, je leur avais dit : « Si vous comprenez pas quelque chose, vous me regardez. » Ils ont passé l'audience à me bouffer des yeux. C'était du chinois pour eux.

Nina éclata de rire.

— Ils captaient rien ?

— Ronaldo, il disait à la juge : « J'suis tireur d'élite, moi, tireur d'élite ! J'tire l'ragondin. À c'quante mèt', cent mèt', j'le tue, moi, l'ragondin ! » Je devais tout traduire mais même moi, parfois, j'avais envie de rire.

Capucine, éducatrice elle aussi, fit irruption dans la pièce. Elle avait entendu la dernière phrase.

— Moi, c'était un Manouche de treize ans qui avait tiré à la carabine sur son beau-père, sur injonction du père. J'étais en début de carrière, en me voyant arriver pour la reconstitution – c'était sur le terrain vague de Grigny, près de l'A6 –, le père avait lancé à son fils : « C'est ça, ton éducatrice ? » Moi : « Euh, Capucine, enchantée... » J'en menais pas large.

Julie explosa de rire. Oubliant Nina et son calepin, les deux femmes plongèrent dans leurs souvenirs.

— Le pire, se souvint Capucine, c'est quand je me suis laissé entraîner dans une relation fusionnelle avec une gamine abandonnée par ses parents. Hyper-mignonne, mais quand elle a su que j'étais enceinte, elle m'a mis un coup de poing dans le ventre. Genre, d'où t'es enceinte et t'as pas de place pour moi ?

Julie acquiesça. Elle se souvenait de cette fille qu'elle visitait à la maison d'arrêt de Fleury. Son gamin avait deux ans, le même âge que le sien.

— Quand elle est sortie, j'ai voulu qu'elle le revoie. J'ai créé la rencontre et elle a pas pu lui parler. Je voulais que cette mère soit apte, tu vois, qu'elle donne à son fils ce qu'elle était censée lui donner, mais j'aurais jamais dû faire ça. On doit pas forcer. C'est pas notre rôle.

Après le déjeuner, Julie emmena Nina dans le sud de l'Essonne, visiter un gamin au domicile de ses parents. La voiture filait à travers les champs de colza.

— Tiens, les roses sortent à l'automne, lâcha Julie en dépassant une prostituée, en minijupe rouge à l'orée de la forêt.

Nina se retourna trop tard.

— Ah, au fait, précisa Julie, sois pas surprise, la maman a des problèmes d'élocution.

Elle gara la voiture devant une rangée d'immeubles aux façades défraîchies. Un gosse de quatre ans leur ouvrit. Samy, le grand frère, fumait dans l'obscurité de la cuisine. Il éteignit sa clope et s'assit à la table du salon. La nappe en plastique collait aux avant-bras. Branchée sur une série qui mettait en scène de faux procès, la télé gueulait à côté.

Julie ouvrit le dossier et réalisa que Samy venait d'avoir dix-sept ans.

— Oh, m'en pa… pa… pa…rlez pas ! Oh, l'année pro… pro… pro…chaine il va être majeur ! dit sa mère.

Julie mit les pieds dans le plat.

— Bon, Samy, qu'est-ce que t'as eu ?

En levant le menton, il dévoila des yeux d'un bleu si profond qu'il avait l'air innocent.

— Un contrôle judiciaire. Pas le droit de sortir entre 9 heures du soir et 7 heures du matin. Y'a un juge d'instruction. C'est que c'est grave, non ?

— Le juge, il enquête. Il pose des questions, tu réponds. Dans cette histoire, t'es moins incriminé que Nelson, de toute façon.

L'histoire, c'était des violences et séquestrations sur un type qui devait de l'argent au père de Nelson. Une affaire de stups. Les mômes s'étaient montés en commando pour récupérer la thune.

Le père de Samy rejoignit les éducatrices. Il contourna la table et suivit la conversation depuis le canapé. Il portait des chaussons frappés du logo de l'Olympique de Marseille.

— Dans ton contrôle judiciaire, ils t'ont interdit de voir Martin ? demanda Julie.

— Ouais, ça, c'est chaud...

— Aux yeux de la loi, vous êtes complices.

Samy vivait en foyer. Il avait une permission pour son anniversaire.

— Comment ça se passe là-bas ? enchaîna Julie.

— Ça va. Une fois par mois, on a la visite des gens pour les addictions.

Il se réfugia dans les motifs de la nappe.

— Et le psychologue, tu le vois ?

— C'est une femme. J'y vais des fois, ouais.

— Oh, madame Richter, laissez m... m... m... moi vous apprendre une gr... gr... gr... grande nouvelle ! lança la mère de Samy, comme si elle venait de se rappeler une urgence.

Elle gigotait sur sa chaise.

— Samy va avoir un nouveau p... p... p... petit frère !

Julie l'embrassa sur les deux joues sans laisser deviner ce qu'elle pensait de la naissance d'un sixième enfant dans cette famille déjà bancale, avec deux gosses sous main de justice et des parents fichés Banque de France.

— Samy, si tu respectes pas ton CJ, il se passe quoi ?

— J'sais pas.

Sa voix n'était plus qu'un murmure.

— Tu peux être incarcéré.

Silence.

— Je peux pas travailler seule, Samy. Si je parle à un mur, c'est pas possible.

Julie se tourna vers sa mère :

— Qu'en pensez-vous ?

Elle chercha au plafond, comme si la bonne réponse y était accrochée.

— J'aime...me...me...rais qu'il réussisse. Je v... v... v... veux le mieux pour son avenir. Être arrêté en p... p... p... permanence par la police, c'est p... p... pas une vie.

Samy haussa les épaules.

— C'est sûr, c'est chiant. Ma journée c'est : je me pose chez un gars et j'attends. À 21 heures, je rentre.

— C'est qui ce gars ? Tu me lâches un nom ? tenta Julie.

Il fit non de la tête.

— Je les connais dans le quartier, tu sais ? C'est Paco ? Brahim ?

Samy étira les bras au-dessus de sa tête. Il sourit.

— Ah bah voilà, on avance.

Nina balaya la pièce du regard. Sur les étagères, les bibelots s'amoncelaient. Un déodorant, des verres en plastique, des mugs, des jouets de Happy Meal.

— Samy, tu me raccompagnes à ma voiture ? lança Julie, et au ton le môme comprit que ce n'était pas une question.

Il remonta la fermeture de sa veste de jogging, alluma une clope et mit son briquet dans la main de son éducatrice.

— T'as les yeux explosés, dit Julie une fois dehors.

Elle avala une taffe.

— Je sais, j'ai trop gazé hier soir.

— Tu t'es couché tard ?

— Quatre heures.

Quand ils se sont rencontrés, Samy sortait de quarante-huit heures de garde à vue. Ses yeux étaient bouffis, rouges d'avoir trop pleuré.

— T'en es à combien par jour ? demanda Julie.

— Les cônes ? Un le matin, normalement, et ensuite plus rien.

— Comment tu vas ? lâcha-t-elle.

C'était la seule question qui valait.

— Ça va, il souffla, et se mit à pousser un gravillon du bout du pied.

Un chat sauta d'un arbre. Il le regarda s'éloigner, jeta sa clope dans sa direction et shoota dans un caillou.

Julie croyait aux visites à domicile. Elles seules vous montraient la réalité. Même ceux qui dissimulaient leurs bleus sous le fond de teint n'arrivaient pas à cacher la misère de leur appartement.

— La paupérisation, c'est pas un slogan. Je suis entrée chez des gens qui avaient un sol en terre battue. Souvent, c'est comme tout à l'heure, pas de housse sur le clic-clac et la télé à fond dans le salon.

— Qu'est-ce que t'en as pensé ? demanda Nina.

— Compliqué. Je pouvais pas aborder les faits devant les petits. Avec les parents à table, c'était pas évident. Je pense qu'il a des traits dépressifs, ce gamin. Et le shit n'arrange rien.

— T'as beaucoup de cas comme lui ? J'veux dire, mêlés au trafic ?

— En ce moment un peu moins, dit Julie sans quitter la route des yeux. Mais des cas lourds, j'en ai plein.

Elle souffla.

— J'attends le jugement pour un néonaticide. La gamine pleure, nie les faits. Il y a eu trois expertises psychiatriques, j'espère que le tribunal libérera ce qu'elle retient depuis des mois.

— Quel âge ?

— Quinze ans.

— Les assises ?

— Non, le tribunal pour enfants. Mais elle risque gros.

— Qu'est-ce qu'il s'est passé ?

— Elle a pété les plombs. Il a fallu des tests ADN sur une dizaine de types pour trouver le père. C'était un coup d'un soir. Elle a voulu se défendre en parlant de viol, mais les flics ont lu les conversations WhatsApp et ça ressemble plus à un flirt.

— Personne n'a vu qu'elle était enceinte ?

— Les parents sont à l'ouest. Ils font partie du problème de toute manière. La gamine était première de sa classe jusqu'en quatrième, elle s'est pas mise à coucher avec la moitié du département sans raison.

— Et le petit ?

— C'est chaud. Au tribunal, le juge m'a dit : « Je vous enlève les photos ? » Oui, merci. Que va penser la cour d'une mère qui est capable de faire ça à son enfant ?

Nina se rassit au fond du siège et fixa la route. Les virages lui donnaient des haut-le-cœur.

Une tondeuse dans la main, Mustapha leva la tête au son du carillon.

— Wilfried ! C'est quoi ce poussin écrasé sur ta tête ?

— Mouss, tu forces… J'suis même pas dans ton salon que j'ai déjà envie de sortir.

— Arrête tes conneries, viens t'asseoir, dit Mustapha en désignant une chaise occupée par une pile de magazines.

Wilfried tira sur l'une de ses boucles.

— J'te préviens, tu touches pas à ça. Uniquement les contours. J'peux pas les faire seul et ma daronne, elle me rate à chaque fois.

— Me raconte pas ta vie, j'te prends après Habib.

Wilfried s'approcha du miroir, il reconnut le client dans le siège en cuir.

— Wesh, Habib !

— Will, la forme ou quoi ?

— Aïe aïe aïe, Mouss, tu vas lui dire que t'as foiré l'arrière ?

D'un geste du rasoir, Mustapha lui ordonna d'aller se faire voir.

— Habib, l'écoute pas, j'ai rien raté du tout.

Habib interrogea Wilfried dans le miroir.

— Jure il m'a raté ?

— Frère, il veut te la faire en loucedé. Moi, Mouss, tu me fais un dégradé pété comme ça, je te froisse, c'est certain.

— Mouss, vas-y ramène un miroir, dit Habib. J'ai plus confiance, là.

Mustapha agita sa tondeuse dans tous les sens.

— Comment ça, t'as plus confiance ? Tu vas pas croire ce petit con quand même ? Il te fait marcher, t'es bête ou quoi ?

— Habib, t'es un frangin, dit Wilfried. Je vais pas te laisser dans la merde. Tu verras, j'ai une belle casquette à te prêter, ça passera crème, personne va se moquer.

— Mouss, montre-moi ! s'emporta Habib.

Mustapha jura en arabe et attrapa un miroir sur l'étagère.

— Voilà, tu vois ? C'est nickel.

Habib pivota le crâne dans un sens, puis dans l'autre.

— Wilfried, sur ma vie t'es un gamin ! Mouss, fais-lui la boule, steuplaît !

Wilfried déplaça les magazines en riant, et s'assit sur la chaise.

— Bon, sinon, Habib, t'en es où de ton album, là ?

— Ça avance, ça avance.

— T'enregistres toujours à Grigny ? Avec Juicy-P ?

— Ouais, au studio.

— Mais frère, quand je suis parti, ta mixtape était sur le point de sortir. Zarma, ça fait quatre piges t'es toujours dessus, c'est l'album du siècle ou quoi ?

— Wesh, t'as envie de vanner, toi, c'est ça ?

— Non mais tranquille, je demande. Histoire que je me prépare, au cas où ça sort en 2030…

— J'vais te dire un truc, dans le rap t'as des mecs qui te pondent de la merde tous les quatre matins et t'as des vrais gars sûrs qui respectent la musique. C'est comme dans les restaurants.

Wilfried se prit la tête à deux mains.

— Quel rapport avec la bouffe ?

— Le rapport, c'est que t'as le gars qui ouvre son resto en mode c'est le rêve de sa vie, et le mec qui gère un Burger King. Le premier, il choisit ses produits, il se lève à 4 du mat' pour aller à Rungis…

— Bouge pas deux secondes, dit Mustapha en approchant le rasoir de son oreille.

Habib se figea.

— Bref, t'as le fainéant qui travaille vite et mal, et t'as l'artiste qui réfléchit, qui pense son album comme un écrivain. Pour arriver à ce niveau, y'a que le travail.

— Discute pas de travail avec lui, il sait pas ce que c'est, dit Mustapha.

— Vous blaguez mais si y'en a un qui connaît le taf ici, c'est moi. Au centre, on charbonnait comme des Chinois, vous savez pas, vous.

— On m'a dit que tu t'étais fait virer, c'est vrai ? lança Habib.

— Ouais. En juin.

— T'as fait quoi ? Y'a le petit Khalil aussi qui s'est fait renvoyer d'un centre. Nantes, je crois, ou Rennes… Il fumait le shit dans sa chambre, cet abruti.

— Nan, moi je fume pas, t'as vu. J'ai eu une embrouille avec un boug…

Un silence plana dans le salon, seulement troublé par le bourdonnement de la tondeuse.

— C'est bon, chef ? demanda Mustapha.

Habib acquiesça d'un signe de tête et ôta sa blouse, couverte de cheveux poivre et sel.

— Putain, ça y est, j'peux plus les compter.

— De quoi ?

— Mes cheveux blancs.

— C'est rien ça, regarde, moi, est-ce que je me plains ? Allez, gamin, à toi.

Wilfried prit place dans le siège au cuir tiède.

— C'est combien, Mouss ? demanda Habib.

— Huit euros.

Wilfried se retourna.

— Huit euros ? Mais c'était sept avant !

— Avant, c'était avant. Maintenant c'est huit.

— Mouss, fais-moi à sept. J'suis ton plus fidèle client.

— Commence pas à m'embrouiller, c'est huit euros la coupe, c'est marqué en gros sur la vitrine.

Du bras, il désigna l'inscription qu'on lisait à l'envers de l'intérieur. Habib récupéra sa pièce de deux, traversa la rue et disparut derrière une voiture.

— Mouss, fais-la-moi à sept balles, steuplaît, j'ai pas plus.

Wilfried retourna la poche de son jogging, il avait un billet de cinq et deux pièces d'un euro.

— Tu fais chier, Wilfried. Comment tu fais au supermarché ? Tu dis « J'ai pas assez mais y'a cinq ans ça coûtait moins cher » ? grogna Mustapha en vaporisant un peu d'eau sur ses boucles.

Il n'avait pas de bac à shampooing.

— Que les contours, hein ! répéta Wilfried.

— Oh, c'est qui le coiffeur ? Tu me laisses ou je te prends tes sept balles et tu rentres chez ta mère !

— Vas-y, vas-y...

Wilfried se découvrit des cernes dans le miroir. Il resta deux minutes à s'examiner puis, pour se changer les idées, demanda à Mustapha s'il descendait au bled le mois prochain.

— Nan, ça me coûte une blinde et j'ai des clients qui paient plus les coupes.

Wilfried sourit.

— Nan, sérieux, t'y vas ou pas ?

— Nan, j'y vais pas...

Wilfried haussa les sourcils.

— J'ai plus envie. Les Marocains, tu sais pas, toi, ils se disent : « Mustapha, il vit en France, il est plein d'oseille. » Ils savent pas la hess que c'est ici. Ils croient tu passes la frontière y'a François Hollande qui t'attend avec un chèque de l'EuroMillions.

Mustapha raconta qu'un été, il y a des années, il avait loué une Porsche, vingt mille francs de l'époque sans compter l'essence, pour faire l'aller-retour à Sidi Kacem.

— Pourquoi t'as fait ça ? demanda Wilfried.

— J'ai fait ça pour leur donner ce qu'ils voulaient. Et je suis pas le seul, j'en connais plein qui se sont saignés exactement de la même manière pour voir du respect dans les yeux des leurs.

— Les Rebeus, vous êtes des oufs... Entre vous déjà vous vous respectez pas !

— Allez, champion, c'est bon, t'es tout beau.

Mustapha décolla la languette de velcro qui entourait le col de sa blouse. Wilfried lui tendit ses 7 euros.

— Je te file le reste demain, ça ira ?

— C'est bon, t'inquiète... On reste là-dessus.

— Mouss, t'es un frère. Merci encore, passe une bonne journée !

— Toi aussi, fils.

Cela faisait un mois et demi que Wilfried avait quitté Auxerre. Anna et Thierry lui avaient proposé d'aller prendre l'air chez ses grands-parents, mais il avait refusé, prétextant qu'il n'y avait rien à la campagne, « que des vieux, des vaches et des champs, pas une meuf, que dalle ». En attendant la rentrée, il traînait avec Driss, un grand qui avait le permis et une Golf IV dont le pot faisait un bruit de réacteur au décollage. Driss passait chercher Wilfried à midi, ils tuaient le temps jusqu'au milieu de la nuit, et le lendemain ils recommençaient. Les boxeurs restés à la cité avaient sorti leurs haltères sur le parking. Wilfried y poussait quelques séries, sans conviction, tandis que Driss cramait sa batterie à lui faire écouter les derniers sons sur Booska-p.

Pour taper le foot sur les synthétiques de la zone industrielle, ils devaient passer devant l'hippodrome, et à chaque fois Wilfried se rappelait la fête foraine qui s'y tenait quand il était petit et que ça sentait la fin de l'école. Anna lui donnait un billet de dix qu'il s'empressait de remettre au gros type qui faisait tirer les mômes à la carabine. En le voyant fermer l'œil droit, le mec lançait :

— Ah, nous avons un gaucher !

Wilfried rêvait du panda d'un mètre soixante accroché au toit de la caravane, mais il aurait fallu cinquante parties pour que le gros accepte de le laisser filer.

Puis l'émir de Dubaï racheta l'hippodrome. De gros blocs de pierre furent posés à l'entrée et il n'y eut plus ni panda ni tirs à la carabine. Ceux qui s'aventuraient dans la zone trouvaient un monde figé dans le passé, où des affiches orange vif proposaient la location de jumelles à vingt francs et des paris. « Nouveau jumelé-placé ! Deux chevaux dans les trois premiers, et c'est gagné ! »

La rumeur disait que c'était devenu le repaire des homos du département. Driss n'était pas allé vérifier, mais il klaxonnait toujours en passant, imaginant que les mecs sursautaient avant de retourner se faire sucer derrière les buissons.

Driss était trop intelligent pour croire à l'école. Dernier d'une fratrie de huit, il observa les grands, et monta son business de streetwear. Il avait douze ans, il était en cinquième et passait son temps à répéter :

— Demande-moi ce que tu veux, mais ne cherche pas à savoir d'où ça vient.

La came venait d'un Rebeu de Clignancourt. Driss faisait l'aller-retour avec son frère chaque week-end et se pointait le lundi au collège avec des sacs de sport pleins à craquer de pulls sous plastique et de chaussures dans leurs boîtes. Il touchait les Requins à quarante balles et les revendait quatre-vingts, alors que la paire était à cent soixante-cinq euros chez Foot Locker. Tout était payé à la commande.

Ça marchait tellement bien que Driss s'était mis à vendre n'importe quoi : du parfum, des Timberland, des bananes Lacoste, des lunettes de soleil, des jeux vidéo. Un jour, un jeune balança à sa mère que le Samsung débloqué qu'elle avait trouvé en triant le linge lui avait été vendu par un certain Driss, qui tenait une boutique à la récré de 10 heures. Premier conseil de discipline. Driss cessa de vendre à l'école, puis l'argent lui manqua et il recommença. Un matin, il remit le même pull Rocawear blanc à trois types de sa classe qui l'enfilèrent immédiatement. Au cours suivant, la prof de français, une vieille bourgeoise, leur lança :

— Les garçons, ça se passe comment, vous vous appelez au réveil : « On a français, sortez le pull à capuche » ?

Deux des trois abrutis se contentèrent de sourire en attendant que ça passe. Le troisième lâcha :

— Madame, vous connaissez pas Rocawear, la marque de Jay-Z ? Driss, il en vend plein.

Exclusion définitive.

Driss gara sa Golf devant le Marma'ris, le turc collé à l'ancienne gendarmerie. Le chef s'était bricolé une terrasse sur le trottoir avec des tables en plastique.

— Un complet et un sans oignons, steuplaît, lança Driss en attrapant deux canettes de Fanta dans le frigo.

Wilfried écoutait son histoire de fille rencontrée la veille chez l'opticien – sans lunettes Driss ne voyait pas à trois mètres.

— J'avais repéré qu'elle m'avait repéré, tu vois ? Elle faisait la meuf genre « je m'intéresse aux Ray-Ban mais j'hésite », alors vas-y que j'essaye celle-ci, vas-y que j'essaye celle-là.

Les sandwichs arrivèrent. Wilfried l'interrompit :

— Chef, pour les frites, samouraï, tu as ?

— Les sauces, j'ai ketchup, mayo, blanche, samouraï, algérienne, béarnaise...

— Ah, samouraï direct !

Driss reprit :

— Bref, la meuf, elle me faisait des appels de phares, c'était trop, j'étais aveuglé. J'y vais, je lui dis : « Comment tu vas, nanani nanana », c'est pas je lui demande comment elle s'appelle, elle me répond : « Ginette » !

Wilfried manqua de s'étouffer.

— Ginette, mon frère ! J'savais plus quoi dire. Elle m'avait fusillé !

— Ginette ? Je te crois pas..., pouffa Wilfried. T'as dit quoi ?

— J'ai dit : « Enchanté ! » Qu'est-ce que tu voulais que je dise ? J'ai fait le gars pas choqué, j'ai pris son numéro et j'ai taillé en me disant que rien que pour son prénom je pourrais jamais la présenter.

— Chacal, tu me tues. Mais elle est bien au moins ?

— Un avion. Je te jure, un missile. Du genre à se mater dans la vitre du bus.

— Bah, vas-y alors ! En vrai, t'auras qu'à faire le canard et l'appeler Bébé. J'en vois des bougs dans le bus, ils font genre les bonhommes et sur leur iPhone c'est marqué « Bébé » avec l'émoji cœur, tu connais ?

Driss croqua dans son sandwich en riant et s'assit au fond de sa chaise pour regarder autour de lui.

— Comment ça va, tes parents ? il demanda.

— Ouah, ils me soûlent de ouf.

— Ah ouais ? Je croyais que ça allait…

— Avant, ils étaient cool, tu vois. Mais avec le centre, je les voyais juste à Noël et aux vacances, du coup je me rendais pas compte, mais depuis que je suis rentré, ils sont bad relous.

— Mais comment, genre ?

— Genre mon beau-père, la dernière fois, il me dit : « Tu sors pas. » Sans raison. Son baye, c'était : « T'es trop sorti, ce soir tu restes avec nous. » Mais c'était pas tu restes à la maison parce qu'on a prévu ci ou ça. Nan, c'était un ordre. Genre, t'as pas le choix. Du coup, j'ai pris mes clés, mon portable et j'ai taillé.

— Ah, c'est pour ça que t'étais vénère la semaine dernière ?

— Nan, c'était autre chose. Mais tu vois le truc ? Ça les soûle que je sois viré et comme j'suis obligé de redoubler, ils ont les nerfs contre oim.

— En vrai, je les trouve cools, moi, tes parents.

— Tu les connais pas vraiment.

Driss termina son sandwich.

— Peut-être, mais les miens ils sont âgés, je sens qu'ils vont pas vivre vingt ans. Je me dis, imagine demain ils meurent, je veux pas avoir de regrets.

— Comment ça ?

— Les parents, une fois qu'ils sont partis, c'est fini. Là, ma mère, elle a soixante-huit ans, elle est cassée de partout, je vois elle commence à perdre la boule. Elle cherche des trucs, tu les retrouves dans le frigo, bon c'est pas grave, mais c'est des signes.

— Miskina.

— Ouais, tu vois ? Faut prendre soin de ses parents.

— Le truc, c'est que mon vrai père, j'sais pas qui c'est. Et ma vraie mère, j'sais pas où elle est !

— Je t'ai déjà dit : fais des recherches ! Tu seras fixé.

Wilfried souffla.

— J'ai essayé sur Facebook…

Un grand Noir passa en sprint sous leurs yeux et s'arrêta sur le trottoir à hauteur d'un jeune qui marchait vers la gare. Il le saisit par le cou et l'entraîna au sol. Driss se leva de sa chaise. Le grand Noir revint sur ses pas, tirant l'autre mec par le col.

— C'est Manu, souffla Wilfried. Le frère de Brice, du foot.

— Connais pas, répondit Driss.

Manu les dépassa sans les voir. Il répétait :

— T'as voulu faire le bonhomme, on va aller voir la demoiselle.

L'autre pleurait à moitié :

— Laisse-moi partir, je m'excuse, je m'excuse.

Wilfried et Driss abandonnèrent leurs plateaux pour les suivre jusqu'à une fille en legging blanc. Jolie, quoique trop maquillée.

— Manu, t'inquiète, c'est bon, laisse-le partir, dit-elle.

— Répète ! cria Manu au mec.

— Frère, steuplaît, je m'excuse.

Il se tourna vers la fille :

— Je suis désolé, je voulais pas.

— Vas-y, viens par là.

Manu l'entraîna dans le tunnel derrière la boulangerie. Une dizaine de mecs tenaient le terrain. Wilfried et Driss les connaissaient, c'étaient des galériens qui faisaient le chouf après l'école.

— Vous voulez savoir ce que cette merde a dit à la sœur à Majid ? lança Manu.

— Steuplaît, steuplaît, implora le mec.

Manu envoya une claque. À la deuxième, le col céda et le mec tomba au sol. Un gros à la barbe brillante avait l'air déçu.

— Putain, avec mon sursis, même pas je le touche. S'il poucave, j'retourne au chtar.

Un autre lui envoya un chassé dans les côtes. Le gars répétait « J'ai compris, j'ai compris » quand Wilfried lui balança un coup de pied dans la tête. Il mit un moment à se relever. Il avait la lèvre en sang, une balafre près de la tempe et un doigt abîmé. Les coups cessèrent. Wilfried le suivit du regard alors qu'il slalomait sur le trottoir. Un grand tout maigre cracha par terre.

— Il avait fait quoi, en fait ?

De retour au Marma'ris, Driss rangea les plateaux.

— Pourquoi t'as fait ça, Will ?

— Pourquoi j'ai fait quoi ?

— Pourquoi t'as goumé ce mec ?

Wilfried haussa les épaules.

— J'avais envie.

En primaire, les veilles de rentrée, on fait ce qu'on ne fera déjà plus le jour d'après : aligner ses habits au pied du lit, préparer son sac en y rangeant les fournitures qu'on perdra sans état d'âme avant la Toussaint : le rapporteur, le quatre-couleurs, les crayons HB, les copies doubles. C'est étrange, cette impatience. Comme si on avait oublié. Comme si on avait réussi à se convaincre que la seule chose qui nous manquait pour aimer l'école, c'était un sac Eastpak.

Le matin de son redoublement, Wilfried pensait aux agents dont parlait le directeur, à Auxerre, ceux qui cherchaient à joindre ses parents. Que diraient-ils en le voyant maintenant, à l'arrêt de bus, son sac sur le dos au milieu des gens normaux ?

Wilfried s'était assis dans le fond sans saluer les mecs du quartier. Ce qu'il voulait, c'était s'enfermer dans un cinéma, comme ce type dont ils parlaient à la télé, un père de famille licencié par sa boîte, qui enfilait un costume chaque matin, embrassait sa femme en lui souhaitant bonne journée, et partait se cacher dans un café pour ne revenir qu'à l'heure du dîner, racontant à table des histoires de disputes entre collègues et de promotions qui allaient bientôt tomber.

Le proviseur appela les classes. Wilfried pensa : « Putain, que des tronches de victimes. »

Quand vous êtes fort en sport, vous mûrissez plus vite. Les adultes vous invitent à les rejoindre sous le regard de vos potes, ces petits de bord de touche qu'on envoie chercher des Capri-Sun en leur disant « Garde la monnaie ». Partout, Wilfried avait reçu des tapes dans le dos de mecs plus âgés, qui s'adressaient à lui comme à l'un des leurs. Il est violent de réaliser qu'on a soudain quinze ans et que notre place est dans une classe de troisième, devant des profs qui tentent de maintenir un semblant de calme en agitant la menace d'un contrôle surprise.

Wilfried s'était vite rapproché de Karl, un jeune qui avait redoublé deux fois et s'était fait exclure trois jours dès la rentrée pour avoir fait entrer un Taser dans le collège.

Karl vivait seul avec sa mère dans une tour à deux rues de la gare de Grigny. Il avait de larges épaules, une mâchoire carrée, des bras musclés, et un tournevis dans le sac. C'était, en somme, un gentil garçon qui pouvait devenir dangereux. À cause des travaux, certains cours se tenaient dans des préfabriqués. Karl effritait des morceaux de bois dans du chewing-gum qu'il enfonçait dans les serrures. Le temps que le prof appelle le gardien et qu'il trouve une solution, l'heure était passée. Ensuite, les jours d'évaluation, Karl s'était mis à simuler des malaises. Il s'évanouissait de sa hauteur, comme dans les films. En le voyant inerte sous la table, les yeux dans le vague, les filles hurlaient « Il est mort ! » et le tumulte dans la classe suffisait à annuler le devoir. Le prof de français, M. Lombard, le plaça d'office au premier rang. C'était un grand échalas aux cheveux blancs qui terminait sa carrière en ZEP pour gagner des points de retraite. Il faisait cours avec un mètre en bois, une règle jaune qu'il abattait comme une épée sur son bureau pour obtenir le silence. Un matin, il la brisa par le milieu. Un morceau atteignit Karl au visage.

— Sur le Coran, j'vais te goumer. T'as fait quoi là, fils de pute ?

— Karl ! Rasseyez-vous !

— Y'a pas de rassis-toi, t'es un ouf !

Se tournant vers les élèves :

— Wallah, il m'a frappé, j'en ai rien à foutre, vous êtes témoins.

Wilfried gueula :

— Eh, m'sieur, frapper un élève, ça va chercher loin.

Rama cessa de se balancer et dégaina son portable.

— Rama, tu snapes ? Filme tout, qu'on ait les preuves, lança Karl.

Il articula chaque mot en fixant l'objectif.

— Collège Albert-Camus. Ris-Orangis. M. Lombard vient de me frapper à la tête avec ce bout de bois.

Il brandit le morceau de règle brisée.

Sur la vidéo, on voyait le professeur, hagard derrière son bureau, une moitié de règle dans la main. Les mots se bousculaient dans sa gorge sans parvenir à former quoi que ce soit d'intelligible.

— J'espère vous avez de la maille de côté, lança Wilfried, parce que vous allez être viré, c'est du cent pour cent. Vendredi, croyez pas on sera là pour vos bayes de Stendhal et compagnie, votre prochain cours, vous le ferez à Pôle emploi.

Rama filma la classe qui chavirait dans la folie. La vidéo tourna sur Twitter et, à la fin de la semaine, le proviseur fit distribuer une lettre à destination des parents. M. Lombard, professeur de français, allait être remplacé. Après cet épisode, Wilfried passa tout son temps avec Karl.

Un soir que les mecs de Grigny 2 devaient faire une descente, ils restèrent devant le portail, attendant la violence comme on attend l'orage. La nuit était tombée. Ni grenailles ni barres à mine. Karl acheta un paquet de clopes chez le Chinois qui rameutait les désespérés du quartier.

Le sol de son tabac était jonché de tiercés perdants et de tickets de Rapido. Karl rejoignit Wilfried sur le trottoir. La flamme éclaira brièvement son visage.

— Bon, il se passera rien, souffla-t-il en ramassant son sac couvert de tags. Viens, y'a une chicha qu'a ouvert dans mon immeuble, ça coûte que dalle.

— Je fume pas, répondit Wilfried.

— Pourquoi ça ?

— Bah, je fume pas, c'est tout. J'suis un sportif, j'vais pas me niquer les poumons.

— Sportif mon cul, ouais.

— Ta gueule, je suis footballeur.

— Tu joues au foot, toi ? Depuis quand ?

— Depuis toujours.

Et pour se donner du crédit, Wilfried ajouta :

— J'étais en centre de formation l'année dernière. À l'AJ Auxerre. J'suis sûr que tu sais même pas où c'est.

— Si, deuspi. C'est l'équipe de l'autre, avec son bonnet, là, Guy Roux.

— Ouais voilà, c'est un club pro.

— Vas-y, t'inquiète, Zizou, de toute façon ça te niquera rien du tout, la chicha, c'est de l'eau.

Wilfried le suivit au premier étage d'une tour de La Theuillerie, où un mec avait transformé son appartement en salon marocain. Cinq euros la chicha, sept avec le thé. Au mur, une télé diffusait des clips de rap français.

— Je l'allume, dit Karl en attrapant le narguilé. Tu testes après, et il tira de courtes taffes qui firent bouillir le réservoir. Pourquoi t'y es plus, dans ton club de pros ? demanda-t-il en soufflant sa fumée. Ah, on sent bien le melon. Tiens, vas-y, tire, et quand ça pique, t'arrêtes.

Wilfried aspira et recommença aussi sec, voyant que ça ne le brûlait pas. Il raconta son histoire.

— T'a mis une patate ? demanda Karl en déplaçant le morceau de charbon d'un centimètre.

— Plus ou moins.

Karl retint la fumée dans sa gorge, et la cracha en faisant des ronds.

— Comment tu fais ça ? demanda Wilfried.

— J'sais pas. Je bloque un truc au fond et je fais un cercle avec ma bouche. Faut y aller par à-coups.

Wilfried essaya, en vain.

— Il t'avait fait quoi, le mec ? reprit Karl.

— En vrai, pas grand-chose…

Wilfried tira sur la chicha, derrière le bruit des bulles on entendait le beat de *How We Do,* un titre de The Game qui passait partout en 2005.

— Mais je m'en foutais de ce gars. C'est comme si je voulais qu'on m'embrouille pour avoir une bonne raison de désosser quelqu'un. Tu vois ?

— De ouf.

Wilfried tira quelques lattes et lui tendit le tuyau.

— Tu te souviens quand tu t'es vénère contre Lombard ?

— Quand il a cassé sa règle ?

— Ouais. Je l'aurais buté.

— T'es un ouf, il avait au moins cent piges, Lombard.

La chicha commençait à décliner, il fallait tirer plus longtemps pour avoir de la fumée.

— Avec la colère, des fois j'ai l'impression que je pourrais tuer à mains nues. Limite, ça me fait flipper, tu vois ? Je sens le truc monter, je me sens grave puissant.

Karl acquiesça en lui prenant le tuyau des mains.

— Frère, dit Wilfried, des fois je me demande si c'est pas un truc génétique ou quoi. Mon père, je le connais pas, ça se trouve c'était un tueur.

Karl aspira une dernière taffe, dit : « Vas-y, finis, y'a plus rien » et but une gorgée de thé. Il avait été mélangé trois fois pour casser l'amertume, mais Karl ajouta du sucre.

— J'sais pas si la violence, c'est un truc qu'on te transmet à la naissance. Mais mon père à moi, c'était un enculé.

Karl trempa ses lèvres.

— Il tapait sur ma daronne.

Wilfried le regardait prendre son temps.

— Un soir, en janvier de l'an dernier, il est rentré défoncé. Il puait l'alcool. Il s'est mis à gueuler parce qu'on lui avait pas laissé à manger. Ma mère s'est prise un revers alors qu'elle cherchait un truc dans le frigo. Je l'ai attrapé par la nuque et dans la seconde il avait la tête sur le carrelage. Il est plus grand que moi mais il était tellement cramé, j'avais qu'à souffler dessus pour le faire tomber. J'ai pris son bras et je l'ai tordu comme ils font, les keufs, tu vois ?

Karl posa son verre et montra le geste à Wilfried en lui amenant un bras dans le dos.

— J'ai serré. Il gueulait. J'ai serré encore. Il y a eu comme une résistance, alors j'ai forcé et on a entendu le crac. Il en pleurait, ce bâtard.

Wilfried ne sut pas quoi dire.

— On l'a plus revu, dit Karl en soufflant sur son thé.

Janvier 2016. La nuit tombait à l'heure du goûter. Wilfried n'avait pas envie de rentrer : il passa par La Theuillerie, voir si Karl n'était pas sur le banc avec les grands qui butaient leur ennui dans des flashs de Label 5. Karl n'était pas venu en cours depuis deux jours. Le banc était vide, l'herbe autour jonchée de clopes éventrées. Wilfried continua sa route et réalisa qu'il marchait d'instinct vers la maison. Il leva la tête et compta les étages pour voir que le douzième était allumé.

Dans le couloir, il perçut des bruits de couverts. Anna devait faire la vaisselle. Il engagea sa clé dans la serrure et fonça vers sa chambre.

— Will ? lança-t-elle depuis la cuisine.

Elle coupa l'eau, ôta ses gants roses et posa le seau qui devait lui servir à laver le carrelage.

— Wilfried ? Tu peux venir ?

Elle frappa à sa porte et le trouva allongé sur son lit, le regard cloué au plafond.

— Quoi ? il lança.

— Ça va ?

— Qu'est-ce qu'il y a ?

Sa voix était soudain pleine d'agressivité. Il faisait penser à ces petits chiens qui grognent pour rien, et montrent tout le temps les crocs.

— Ta professeure principale m'a appelée au boulot. Elle veut me rencontrer. Elle dit que t'es collé quatre heures samedi. C'est vrai ?

Wilfried l'imita en prenant une voix d'écervelée :

— Nanani nanana, c'est vrai ?

Puis, plus grave :

— Putain, t'es reloue de ouf !

— Tu me parles autrement !

— Mais c'est toi là ! Ça fait même pas deux minutes que je suis rentré, tu me soûles direct.

— C'est quoi cette histoire de pont massacreur ?

— Quoi ?

— T'as très bien entendu !

— Pont massacreur ? Putain, tu sais même pas de quoi tu parles !

— Oh, Wilfried ! On vient de m'expliquer que t'étais à ça de l'exclusion définitive, alors tu te calmes !

— Vas-y mais crois-la tant que tu veux, cette conne, je m'en tape. Maintenant, tu peux sortir ?

Il se tenait face à elle, au bord du lit.

— Wilfried, il faut que tu te calmes.

— Ouais, c'est ça, on s'en reparle.

Anna laissa la porte béante. Wilfried la claqua de toutes ses forces.

Sa professeure principale s'appelait Mme Blin. C'était une femme d'une cinquantaine d'années qui cachait ses cheveux blancs sous une teinture auburn. Ça lui coûtait un bras chez le coiffeur, mais se faire la couleur dans le lavabo revenait à traîner une tête orange au collège pendant des semaines. Mme Blin enseignait l'histoire-géographie. Même s'il lui arrivait, les mois compliqués, de se dire qu'avec une paye aussi ridicule elle ferait mieux de changer de métier, elle n'était pas certaine de pouvoir faire autre chose. Elle était le genre de prof qui avance de sa poche pour emmener ses élèves à Verdun. Qui ajoute des heures au programme de la Seconde Guerre mondiale pour raconter les tirailleurs et le massacre de Thiaroye.

— Enseigner « Nos ancêtres les Gaulois » à mes Aboubacar sans évoquer leurs grands-parents, quel sens ça a ?

Elle s'inquiétait pour Wilfried. Il ne faisait plus d'efforts. Il répondait en cours et venait parfois sans cartable.

— Comment ça, sans cartable ? demanda Anna.

— Certains jours, il n'a pas d'affaires. Ni sac, ni feuilles, ni stylo.

— Pourtant, il a tout à la maison...

— Je ne dis pas que c'est votre faute, madame Desson.

— Madame Renault, corrigea Anna. Desson est le nom de sa mère biologique.

— Madame Renault, Wilfried est en train de décrocher. Vous lui en avez parlé ?

— J'essaye, mais il se ferme. Il me fuit.

— Il faut que vous insistiez. J'aimerais faire de l'individuel mais avec trente-cinq élèves par classe, c'est impensable. Wilfried, je le vois, il a la tête dans les bras ou il est sur son portable, je ne peux pas le reprendre dix fois, sinon j'avance pas et les autres, ils ont quand même le brevet à la fin de l'année.

— Mais il le passe aussi, le brevet…

— Il le passe, mais je ne sais pas comment il va l'avoir. Je n'ai aucune note à lui mettre pour ce trimestre. À chaque fois que j'ai annoncé un contrôle, il était absent.

— Et les autres matières ?

— Pareil. Français, maths, anglais, il n'y a qu'en EPS que son professeur est satisfait. Wilfried a battu le record du collège au test Luc-Léger. C'est de l'endurance.

— Est-ce qu'il peut remonter la pente ?

— Il faut qu'il se mette au travail, c'est inévitable. Et qu'il change de fréquentations. Wilfried s'est rapproché de tous les éléments perturbateurs. C'est encore avec Karl, Mehdi et compagnie qu'il est collé le week-end prochain.

— De quoi s'agit-il, au juste ? Ce pont du massacre...

— Le petit pont massacreur ? C'est un jeu qui consiste à frapper celui qui a pris un petit pont. Si j'ai bien compris, c'est quand le ballon passe entre les jambes de l'adversaire.

Dans la cour du collège, il y avait un kiosque, cerné par un muret de cinquante centimètres. L'hiver, quand les terrains étaient détrempés, on jetait un ballon au milieu et celui qui prenait un petit pont devait sauter le muret pour sauver sa peau, sans quoi il se faisait lyncher. Ce jour-là, c'était tombé sur Mathias Letellier. Mathias n'était pas un footballeur. Le ballon passa entre ses jambes, et il tomba sur le dos. Il tentait de repousser les coups avec ses pieds quand le chassé de Wilfried atteignit ses testicules. Il hurla à la mort, et resta le front dans la poussière, à pleurer de douleur pendant que les joueurs s'évaporaient dans la nature.

— Il avait du sang dans les urines, poursuivit Mme Blin. Au final, ça devrait aller, mais il faut que vous le sachiez, les parents veulent porter plainte.

— Contre Wilfried ?

— Mathias dit que c'était votre fils. Nous n'avons pas de caméras de surveillance – Dieu nous garde –, je ne vais donc pas creuser plus loin, mais je vous conseille d'appeler la maman.

Les médecins ont laissé entendre qu'il y avait un risque pour la fertilité de son fils.

Anna tira un répertoire de son sac et continua de fouiller à l'intérieur. Mme Blin lui tendit un stylo, entreprit de dicter le numéro, mais en la voyant le visage dans les mains, elle s'interrompit.

— Excusez-moi, dit Anna. Je ne sais pas pourquoi je pleure.

Elle renifla.

— Madame Renault, Wilfried est un garçon intelligent. Mais il y a une colère en lui, et cette colère grandit. Il faut qu'il travaille sur cette colère.

Anna ramassa ses affaires et retrouva sa voiture sur le parking du Lidl, face au collège. Elle se dévisagea un instant dans le rétroviseur, hésita à démarrer et, de tête, composa un vieux numéro de téléphone.

Enfant, elle avait souffert de ne jamais voir sa mère heureuse. Elle l'entendait, le soir, pleurer dans la cuisine, se plaindre d'avoir manqué de chance. Grandir auprès de la maladie vous expose à des questions sans réponses : Suis-je guettée par la dépression ? Est-ce un mal héréditaire que l'on se passe de mère en fille ?

Quand Thierry l'aborda, dans ce café qu'elle fréquentait parce qu'on pouvait lire le journal au comptoir, Anna fit semblant d'aller bien. Au fond, elle savait. Pendant deux ans elle tenta de passer outre, puis il y eut des examens et des médecins pour mettre le mal en mot : infertilité. Elle commença une analyse. Les séances lui coûtaient trop cher pour son salaire d'infirmière, mais elles devinrent nécessaires. Trois fois par semaine, puis deux, puis une, et un jour Anna décida qu'elle n'en avait plus besoin. Wilfried était là, ils étaient trois.

Le psychiatre ne sembla pas étonné de son appel.

— Oui, bien sûr, demain ? Dix-huit heures ?

En allant la chercher en salle d'attente, il la trouva changée. Elle parla de Wilfried, du choc lorsqu'il avait appris qu'elle était payée pour s'en occuper. Ces mille euros du conseil général, c'était la preuve qu'elle ne l'aimait pas vraiment. Anna avoua son angoisse de le voir, à son tour, sombrer dans la dépression.

— Il refuse de réussir comme s'il rejetait l'avenir.

Le psy lui raconta une histoire :

— J'ai eu en consultation une assistante familiale, comme vous. Elle élevait une enfant qui faisait des crises d'hystérie. À douze ans, la petite a demandé à être baptisée. Une fille de sa classe avait fait sa profession de foi et c'était devenu une obsession : le jour du baptême, sa mère d'accueil serait sa marraine. La dame se défendait en expliquant que son athéisme constituait un problème de taille, mais la petite n'en démordait pas, alors elle accepta. À la sortie de l'église, elle demanda : « Bon alors, maintenant que c'est fait, tu m'expliques ? », et la gosse répondit : « Maintenant, je fais partie de ta famille. » Elle avait besoin d'une institution pour officialiser la relation. L'Église en l'occurrence, mais peu importe. Du jour au lendemain, les crises s'envolèrent.

Anna cherchait un lien avec la colère de Wilfried. Les mots de Mme Blin résonnaient dans sa tête.

— Wilfried se cherche, poursuivit le psy. Il ne sait pas d'où il vient, il ne sait pas qui il est, il ne porte pas le nom de ceux qu'il appelle papa et maman. Vous pourriez l'adopter. Ce serait un geste fort. La preuve que vous n'êtes pas un couple de passage dans sa vie, mais une famille à part entière. Sa famille.

Anna avait trouvé ce thérapeute par hasard, dix-huit ans plus tôt, dans les Pages jaunes. Elle appela Thierry et lui parla d'adoption. Cette nuit-là, ils firent l'amour. Elle se sentit ôtée d'un poids.

Pour être à l'heure au travail, Louise se levait à 4 h 45. Elle avait trois minutes pour se doucher, deux minutes pour se brosser les dents, cinq minutes pour s'habiller, lacer ses chaussures et avaler un café. Elle aurait pu avancer le réveil mais avait toujours de la peine à émerger. À 4 h 55, elle était dans les escaliers, première étape d'un trajet d'une heure trente-sept avant d'atteindre la zone industrielle de Palaiseau où elle assemblait des sandwichs triangles pour un géant de l'alimentaire. À 5 h 09, le 402 ralentissait devant l'arrêt Pressoir-Prompt, Louise remontait les visages endormis pour se caler au dernier rang. À 5 h 24, elle se réveillait en gare du Bras-de-Fer, à Évry. Au bout des escalators, elle prenait le RER D et descendait en gare de Juvisy. Là, elle empruntait le souterrain, passait devant la Brioche Dorée qui sentait le croissant chaud à n'importe quelle heure de la journée, et remontait à l'air libre où elle attrapait le RER C direction Versailles-Chantiers. Six arrêts plus loin, Louise était en gare de Massy-Palaiseau. Il lui restait deux kilomètres à pied avant de retrouver les collègues au vestiaire. Le tablier en plastique, la blouse, la charlotte, le masque, les gants à usage unique et les surchaussures jetables en polypropylène. La chaîne d'assemblage imposait la répétition du geste. La même chose, dans le même tempo, toute la journée, toute l'année. Le sandwich triangle « fait main », c'était du pain industriel qui arrivait par blocs de trois cents tranches auxquels on enlevait les entames pour que la machine oppose deux tranches identiques sur le tapis roulant. Un applicateur de sauces – beurre, mayonnaise, curry, pesto – se posait chaque huit dixièmes de seconde sur la tranche du bas. C'est là que Louise entrait en scène avec son bac de garniture. Pour le classique Jambon-Emmental – 2,51 euros au supermarché, 4,80 en station-service –, elle déposait du fromage sur la tranche beurrée, avant qu'une collègue se charge de le répartir de façon homogène. Ensuite venait le jambon de porc au bouillon de légumes et sel nitrité, l'additif E250 qui lui donnait sa couleur rosée, livré par bûches de dix kilos. Louise refermait le sandwich avant qu'un robot l'envoie vers une machine de tranchage par ultrasons. Le procédé consistait à transformer des carrés en triangle en envoyant des vibrations à vingt kilohertz sur une lame affûtée qui s'autonettoyait en permanence, permettant la découpe d'aliments collants sans générer de déchets. Pour ce travail, Louise touchait 1 118,04 euros. Son studio à Corbeil lui coûtait 374 euros payables le 6 du mois. En remplissant son dossier d'aide au logement, elle avait hésité devant la ligne « Enfants à charge », avant de dessiner un zéro dans la case.

Louise n'avait pas connu de relation équilibrée. Le dernier taré, elle avait déposé ses fringues dans le couloir et changé la serrure. Il avait gueulé un moment en tapant de la paume contre la porte, avant de disparaître dans l'ascenseur, se disant, lui aussi, qu'il était temps d'arrêter avec les dingues.

Elle rêvait parfois de Wilfried. Une virée au bord de la mer, voir les phoques de la baie de Somme. Au réveil, la réalité lui rappelait qu'elle n'avait ni fils, ni permis, ni voiture. Quand la mélancolie lui faisait taper Wilfried Desson dans la barre de recherche, Louise se retrouvait à parcourir des compositions d'équipes de l'AJ Auxerre. Dans l'onglet images, une photo montrait Wilfried devant une énorme coupe dorée, entouré d'enfants en maillots blancs. Elle ne l'avait pas revu depuis ses onze mois mais c'était lui, elle le savait. Les mères reconnaissent les leurs. En cliquant sur son visage, Louise ouvrait un article payant de *L'Yonne républicaine* : « Les U13 de l'AJA remportent la finale nationale. » À force d'analyser l'image, elle repéra les gouttes figées au-dessus du groupe, balancées par un jeune qui sautait avec sa bouteille d'eau. Au centre, Wilfried riait. C'était la seule photo qu'elle avait de lui.

Un soir, de retour du travail, elle entendit le fixe sonner derrière la porte. Elle ouvrit et décrocha en catastrophe. Le conseil général l'informait que les époux Renault avaient obtenu l'agrément pour l'adoption et qu'ils attendaient l'accord des parents biologiques pour la procédure de déchéance des droits parentaux. Louise ne comprit pas tout de suite mais sut d'instinct qu'elle aurait dû laisser sonner.

On lui donna rendez-vous dans les bureaux de l'Aide sociale à l'enfance, où un moustachu d'une cinquantaine d'années lui répéta que la famille d'accueil de Wilfried souhaitait l'adopter.

— En France, l'adoption plénière est assez violente, expliqua-t-il. La famille d'origine n'existe plus. Elle n'a plus aucun droit sur l'enfant, elle disparaît même de l'acte de naissance.

— Comme si cette femme avait accouché de Wilfried ? demanda Louise.

— En quelque sorte. Bien sûr, on sait que ce n'est pas le cas, mais elle devient sa mère à part entière, comme si elle l'avait porté pendant neuf mois.

— Et vous croyez que je vais dire oui ?

— Je ne crois rien du tout. Je vous informe que la procédure est lancée et que l'adoption requiert votre consentement. Il n'y a pas d'urgence à donner une réponse, vous disposez d'un délai légal de réflexion.

— Et si je dis non ?

— Vous savez, Wilfried est d'accord pour être adopté.

— C'est mon fils.

— Peut-être, mais il n'en a aucun souvenir. Ça fait quinze ans que vous avez cessé de le voir.

— Je ne l'ai pas abandonné.

— Ce n'est pas ce que j'ai dit.

— C'est vous qui me l'avez volé !

— Madame, je n'ai rien volé à personne.

— J'avais vingt ans, j'étais faible et vous en avez profité. Mais elle est terminée, cette époque. Il est hors de question que je signe vos putains de papiers.

— Écoutez, c'est simple : si vous refusez, il y aura un procès.

— Je m'en tape de votre procès.

Louise se pointa au tribunal avec des cuissardes noires sur un jean délavé. Son décolleté dévoilait le tatouage sur sa poitrine. Son avocate, une blonde de vingt-cinq ans, lui demanda de cracher son chewing-gum.

— Une audience devant le juge aux affaires familiales, c'est comme une pièce de théâtre. Il faut apparaître sous son meilleur jour pour que le juge se dise : « Elle a l'air bien dans sa peau, équilibrée, elle pourra s'occuper du petit. »

En la voyant rire avec l'avocat de la partie adverse, Louise crut avoir été trompée. Ils s'envoyaient des piques en souriant comme des ados qui en pincent l'un pour l'autre. À l'arrivée du juge, ils entrèrent dans leurs personnages d'ennemis jurés. Louise fut rassurée.

Elle imaginait un tribunal comme à la télé, avec un box pour les accusés et une barre pour dire « je le jure ». Le cabinet était surchargé de dossiers. Étant demandeur de l'audience, l'avocat du couple Renault parla en premier :

— Mes clients auraient préféré éviter le choc d'une décision de justice, mais Mme Desson tient à leur faire vivre cette humiliation, cette femme qui a brillé par son absence, qui n'a pas eu l'idée de prendre des nouvelles de Wilfried au cours des quinze dernières années. Pas une lettre, pas un coup de téléphone.

Louise avait été prévenue :

— Des choses seront dites, il ne faudra pas vous énerver. Surtout, ne jamais couper la parole.

Assis à sa droite, Thierry et Anna gardaient le silence, laissant leur avocat faire le sale boulot.

— L'abandon aurait dû être acté il y a des années ! s'emporta-t-il. Selon la loi du 24 juillet 1889 sur la déchéance de la puissance paternelle, l'enfant est considéré comme « maltraité et moralement abandonné par ses parents » après un an d'absence. Nous en sommes à quinze, et le compteur tourne !

— Maître, répondit l'avocate de Louise, ces dispositions s'appliquent dans le cas où les parents, en l'occurrence la mère, ne sont pas empêchés. Or, Mme Desson était empêchée par sa précarité. Elle vivait dans la rue. Elle se battait seule contre l'addiction, et cherchait du travail pour récupérer son fils. Elle n'a jamais souhaité l'abandonner.

Se tournant vers le juge :

— Mme Desson est en CDI, elle habite un bel appartement à Corbeil-Essonnes, elle vit débarrassée de son passé, il est temps de lui rendre son enfant.

— Quelle est votre profession, madame ? demanda le juge.

Louise hésita un moment, n'étant pas certaine d'avoir le droit de parler.

— Opératrice de fabrication en agroalimentaire.

Devant la moue du juge, elle simplifia :

— Je travaille dans une usine qui fabrique des sandwichs triangles.

— Très bien. Et combien gagnez-vous pour cet emploi ?

Il y avait, dans sa manière de poser les questions, la condescendance qu'on réserve aux enfants.

— 1 437 euros.

— Net ?

— Non, brut. En net, ça fait 1 118.

— Ah, ce n'est pas énorme.

— Nan, ça fait pas lourd. Mais j'ai des petites dépenses. Je suis bien organisée.

Le juge frotta les verres de ses lunettes. Il renvoyait une profonde lassitude, comme s'il n'en pouvait plus de voir se jouer sans arrêt la même scène. Comme si, quoi que vous disiez, la décision était déjà prise.

— Monsieur le président, reprit l'avocate de Louise, nous sortons de décennies de placements abusifs, et celui de Wilfried en est un criant exemple. Que voulons-nous comme société ? Allons-nous céder à l'eugénisme social ? Allons-nous retirer leurs enfants aux pauvres pour les offrir aux riches ?

Trois jours plus tôt, Wilfried se tenait à la place de Louise. Le juge souhaitait le rencontrer, il ne savait pas qu'il pouvait refuser.

— As-tu déjà cherché ta mère ?

— Ouais. Enfin, non, mais j'y ai pensé.

— C'est-à-dire ?

— Bah, quand on vous dit que vous avez une mère qui vit là, pas loin, et que vous l'avez jamais vue, vous vous posez des questions.

— C'est sûr, acquiesça le juge derrière ses lunettes. Tu as pu en parler avec ta famille d'accueil ? Tu savais comment elle s'appelait ?

— Ouais, j'avais une photo. J'savais qu'elle s'appelait Louise.

— Mais tu ignorais où elle vivait et ce qu'elle faisait…

— Ça, j'savais pas. Tout ce qu'on m'avait dit, c'est qu'elle était droguée quand elle m'a eu et que c'était compliqué de me garder. Du coup, j'ai été placé et après elle a plus voulu me voir.

— Tu es sûr de ça ? Tu es sûr que c'est elle qui n'a plus voulu te voir ?

Wilfried haussa les épaules, surpris qu'on puisse remettre en doute un fait aussi évident.

— Bah… ouais. C'est elle qui devait venir genre une fois par semaine, ou un truc comme ça, et elle est plus jamais venue, donc je vois pas la faute de qui ça peut être si c'est pas la sienne.

— Hum…

Wilfried était assisté d'un avocat appelé à la dernière minute par le bâtonnier alors qu'il prenait un café avec une collègue au bureau de l'Ordre. Il n'avait pas eu le temps de lire le dossier et se contentait d'être présent.

— Que veux-tu faire plus tard, dans la vie ? reprit le juge.

Wilfried fixait le trou dans ses Asics, à l'endroit où son pied entrait en contact avec le ballon. Il se demanda si ça valait le coup de répondre.

— Je veux être footballeur.

Le juge écarquilla les yeux.

— Professionnel, tu veux dire ? Tu penses que tu aurais le niveau ?

— J'ai le potentiel. Après, faut de la chance. Y'a des gars moyens qui passent pros et des mecs ultra-forts qui le deviennent jamais.

— Comment ça se passe à l'école ? enchaîna le juge, comme s'il y avait un rapport.

— Ça va, répondit Wilfried.

— Ça va ?

Il posa ses lunettes sur le clavier de son ordinateur, et le regarda par en dessous.

— Ouais. J'suis pas le premier de la classe, mais ça va.

— Tu sais qu'on a accès aux bulletins de notes ? On appelle le collège, on parle aux professeurs, on se renseigne.

Wilfried souffla longuement.

— Qu'est-ce que ça change, en vrai ?

— Comment ça, qu'est-ce que ça change ? C'est ton avenir. Ça change tout.

L'avenir, vous pouvez le prendre par tous les bouts, face à un gamin de seize ans qui a décidé de vivre au jour le jour, c'est un mot qui ne veut rien dire.

— Je pose la question, reprit le magistrat, elle ne va pas te plaire, mais est-ce bien raisonnable de tout miser sur le football ? Que se passera-t-il si tu échoues ?

— J'échouerai pas.

— Je ne te le souhaite pas, mais tu l'as dit toi-même, il y a des dizaines de facteurs qui peuvent empêcher un jeune talentueux de faire carrière. Que feras-tu si par malheur tu n'y arrives pas ?

— J'sais pas. J'serai chômeur. Ou je bosserai ailleurs.

Le juge resta silencieux un moment, comme s'il imaginait les métiers que pourrait exercer le gamin. Puis il lança :

— Que penses-tu de cette procédure d'adoption ?

— J'sais pas.

— Mais tu as bien un avis. Est-ce que ça te fait plaisir ? Est-ce que ça te fait peur ?

— Peur ? Nan... Juste, je m'en tape. Ça change rien pour moi.

— Et le fait que ta maman se batte pour récupérer ta garde ?

— J'sais pas, je la connais pas. Peut-être que c'était ma mère avant, mais elle a rien fait pour moi.

— Tu te vois vivre avec elle ?

— Nan.

Et pour être sûr de s'être fait comprendre, Wilfried ajouta :

— Clairement pas.

L'avocate de Louise conclut en citant la Convention internationale des droits de l'enfant et l'article 375-2 du Code civil :

— La préservation de l'intérêt supérieur de l'enfant doit être assurée, avant tout, au sein de la famille. L'éloignement n'est envisagé qu'en dernier recours. Je répète, en dernier recours. La priorité doit être donnée à la politique de soutien à la parentalité, qui consiste à « aider les parents à être parents ». L'Aide sociale à l'enfance a abandonné ma cliente. C'est seule qu'elle a quitté l'enfer.

Le juge fixa le délibéré deux semaines plus tard, au 14 avril 2016.

Devant les portes du tribunal, Louise s'alluma une cigarette.

— Putain, j'avais envie de péter les plombs. C'est qui ce gars ? Il dit des trucs sur moi qu'il sait même pas.

— Je sais, c'est dur à entendre, murmura son avocate, mais une audience, c'est toujours violent.

— C'est votre pote ? Je vous ai vus discuter au début.

— On était ensemble à la fac et à l'examen du barreau.

— Ah ouais…

Louise ne voyait pas ce que pouvait être l'examen du barreau.

— Et vous vous combattez comme ça, normal, alors que vous êtes potes ? C'est bizarre, nan ?

— C'est très courant. Heureusement qu'on ne plaide pas seulement contre des avocats qu'on déteste, on n'aurait pas de boulot.

Louise sourit, sans être certaine, là encore, d'avoir compris. Elle jeta sa cigarette près d'une flaque aux reflets violets.

Anna et Thierry sortirent à leur tour.

— Ma collègue vous fait suivre tout ça par mail, dit l'avocat en recouvrant leurs mains.

Anna vit Louise sur le parvis. Elle s'arrêta à sa hauteur et soutint son regard. L'air se chargea de cette électricité qui précède toujours une bagarre. Puis Anna se détourna, la vue brouillée.

Wilfried ignorait s'il croyait en Dieu. Il lui arrivait de s'arrêter devant un caillou et de se dire : « Si je rate la poubelle, là-bas, je ne passerai jamais pro. » Il marquait et repartait, rassuré. Le sixième sens, il en avait entendu parler dans un documentaire animalier : « En 2005, avant que le tsunami ravage le Sri Lanka, des milliers de chauves-souris quittèrent leurs grottes pour voler face au soleil, racontait la voix off. Les chiens hurlèrent à la mort. Les éléphants, les crocodiles, les singes, désertèrent ce qui allait devenir un cimetière. Des comportements similaires furent observés sur des chèvres, des grenouilles, des chats, des poissons, des baleines, des insectes, des poules, des serpents… Il semble que l'homme soit le dernier animal à ne pas anticiper les catastrophes. Éloigné de son milieu naturel, il n'entend plus les alertes. »

Les signes ne mentaient pas. Pour voir l'avenir, il suffisait de les observer.

Le soir après l'audience, Thierry et Anna tournaient dans l'appartement comme s'ils attendaient un coup de fil de l'hôpital. La sonnerie retentirait et un médecin dirait n'avoir rien pu faire, c'est fini, désolé.

— Chacun se débrouille. J'ai pas la force de cuisiner, dit Anna.

Mais elle fit quand même bouillir de l'eau avant de se murer dans le silence. Elle remua les pâtes, les égoutta et posa la casserole brûlante à même le bois de la table.

— Ce serait ridicule. Elle n'a jamais été là, finit-elle par lâcher.

Wilfried fixait les spaghettis qui refroidissaient dans son assiette. Une boule enflait en lui, comme une tumeur.

Le matin du 14 avril, il resta de longues minutes penché sur la cuvette des toilettes, sans parvenir à vomir autre chose qu'un peu de salive. La nouvelle tomba dans l'après-midi :

— La place d'un enfant est auprès de ses parents. Or, Wilfried a une mère. Mme Desson travaille, elle habite un appartement suffisamment grand pour y faire dormir un adolescent. Il n'y a pas de raison de lui ôter son droit à être mère.

Wilfried ne pouvait pas y croire.

Le juge conclut avec autant de passion que s'il parcourait des mentions légales :

— Compte tenu du conflit qui oppose Mme Desson aux époux Renault, il apparaît nécessaire de prononcer une mesure d'interdiction d'entrer en relation.

Anna et Thierry cherchèrent un signe dans les yeux de leur avocat. Les textes étaient clairs : les placements sont temporaires, un enfant a vocation à grandir avec sa mère. Point.

Encadré par deux policiers, Wilfried fut conduit chez Louise. Il leur gueulait d'aller se faire foutre.

— Lâchez-moi, bande de fous ! J'irai pas ! Je la connais pas !

À Corbeil, Wilfried attendit aux toilettes que les flics mettent les voiles. Il passa la porte sans un regard pour Louise, et se mit à courir. Gare RER de Moulin-Galant, il monta sans billet, se retournant toutes les cinq secondes pour vérifier que personne ne le suivait. Il descendit à Ris-Orangis et reprit sa course en visant la seule tour qu'on voyait de loin, la sienne. Trempé de sueur dans l'ascenseur, il se demanda si les policiers n'étaient pas déjà sur le canapé, à l'attendre en soufflant sur leur café. Thierry lui ouvrit. Un sac de petits pois congelés entourait sa main enflée. De la rage contre un mur.

Anna le serra contre sa poitrine.

— On va te récupérer, Will, mais il va falloir être patient. Si le juge apprend qu'on t'a laissé venir ici, on sera accusés de kidnapping, murmura Thierry.

Wilfried se dégagea.

— Me laissez pas avec elle !

— On te laissera pas, on est une famille, répéta Thierry. Sois patient.

Puis il composa le numéro du commissariat d'Évry. Wilfried l'entendit raconter qu'il avait violé l'interdit de mise en relation et se trouvait dans leur salon.

— Il est sérieux ? gueula-t-il en se tournant vers Anna.

Elle sanglotait.

— On ne peut pas faire autrement, Will…

Alors il sut qu'il était seul sur Terre.

Il claqua la porte, prit les escaliers et, une fois à l'air libre, se remit à courir.

Nina se brossa les dents et composa le numéro de sa direction territoriale.

— Nina Mazurkiewicz, du milieu ouvert d'Évry, j'aimerais parler à M. Bary, s'il vous plaît.

Vivaldi précéda la voix du directeur.

— Pourquoi vous m'avez passée première classe ? lança-t-elle.

— Bonjour, madame Mazurkiewicz.

— S'il vous plaît…

— Oh… Je sais plus, on a dû prendre vos entretiens annuels…

— Comment ça, vous savez plus ? Il me faut une explication parce que c'était pas l'année pour une promotion !

— Attendez, ça vous fait pas plaisir ?

— Vous me mettez une balle dans le pied.

— Vous voulez qu'on vous retire cette promotion ?

— Ce serait sympa, ouais.

— Vous êtes malade ? Si vous voulez tout savoir, ça vient du big boss.

— Je sais pas qui c'est.

— Lui vous connaît. Il était là quand vous avez remporté le Trophée Sports Aventure. Il m'a dit, celle-là, vous me la passez première classe, et au mérite.

Le Trophée Sport Aventure faisait s'affronter des équipes de trois délinquants sur des épreuves de canyoning, d'escalade, de spéléo...

— Quand on attribue des promotions, articula-t-il, normalement les gens envoient un petit mail pour dire merci...

Nina imaginait son directeur, content de lui, les pieds sur le bureau.

— J'ai des collègues qui attendent ça depuis des années. Moi, je débarque et je l'ai, ça met un froid terrible. Vous savez ce qui se dit dans les escaliers ? « Ah, je savais pas qu'il fallait enfiler des baskets pour passer première classe ! »

— Je comprends.

— Donnez-la à quelqu'un qui est là depuis longtemps.

— Y'a une augmentation de salaire, vous le saviez ?

— C'est quoi, soixante euros par mois ? J'en veux pas. J'ai gardé le même train de vie qu'à l'époque où je gagnais rien.

Par la fenêtre, Nina reconnut Steven. Elle le suivait depuis trois mois.

— Monsieur Bary, mon rendez-vous vient d'arriver.

— De toute façon, je ne peux rien pour vous. Acceptez cette promotion et n'en parlons plus.

— On verra ça, dit-elle en raccrochant.

Nina prit son calepin et descendit accueillir le jeune de dix-sept ans aux tempes rasées qui passait en jugement pour avoir frappé ses parents à coups de poing et menacé sa mère avec un couteau de cuisine. Elle avait porté plainte.

— Tu sais que tu vas être condamné, hein, Steven ? lança Nina.

Encadré par ses parents, le gosse sentait la honte. Il passait son temps à fixer une rainure dans le bois de la table.

— Je te gonfle ? demanda Nina. Regarde-moi. Je te gonfle ?

Le gosse soutint son regard pour la première fois.

— Non.

— La juge, tu penses qu'elle dira quoi ?

— J'sais pas. J'vais pas me mettre à sa place.

— Mercredi, je vais demander une peine de prison avec sursis, articula-t-elle. Je ne pourrai pas dire à la cour que j'ai des certitudes sur ta capacité à gérer la frustration autrement que par la violence.

Silence.

— Steven ?

Silence.

— Steven ?

Son menton tremblait comme pas permis. Sa mère lui tendit des mouchoirs et d'un revers de main, il envoya le paquet valdinguer près de la porte.

— Pouvez-vous sortir un instant ? demanda Nina.

Les parents quittèrent la pièce, laissant leur fils hoqueter sur sa chaise.

— Steven, regarde-moi dans les yeux.

Le môme chialait trop pour lever le regard.

— Pourquoi tu pleures ?

— C'est ce qui va m'arriver. Je sais pas ce qui va m'arriver.

— Y'a trop de blocages là. Et ton père, t'y as pensé ? Il faut qu'il choisisse entre sa femme et son fils ?

— Bah non.

Il renifla.

— Mouche-toi, mon grand.

Le gosse racla sa chaise au sol pour ramasser les mouchoirs.

— Ton boulot, t'es content ?

— C'est du black, ça va payer le permis.

— Et ta copine ?

— J'en ai plus… elle est partie. Mais ça va, ça faisait pas longtemps.

— Bon. Comment on fait ?

Le gosse renifla encore.

— J'arrive pas.

— Qu'est-ce que t'arrives pas ?

— Ma mère… Je l'aime, ma mère, mais ça bloque.

— Tu peux pas lui dire ?

— J'arrive pas.

Nina le rendit à ses parents. Elle les regarda s'éloigner vers leur voiture et se dit que la situation ne pouvait qu'empirer. Marc sortit de son bureau.

— Nina, je viens d'avoir Bary au téléphone.

— Ah !

— Écoute, tu prends ta promotion et tu la boucles. Si les collègues apprennent que tu fais la fine bouche, ils te le pardonneront pas. Va boire un verre avec eux, ça te fera pas de mal et ça leur fera plaisir.

Elle souffla.

— OK, OK.

— Qu'est-ce qu'il y a ? T'es pas bien ici ?

Nina remarqua son polo rose. Un cadeau de sa fille, pensa-t-elle.

— Si, je suis contente.

— Comment ça se passe avec Cindy ?

Nina hésita à mentir.

— Je sais pas, je viens d'arriver, moi, je peux pas dire.

— C'est ta stagiaire, c'est à toi que je pose la question.

— Bah, c'est dur. Elle pleure beaucoup, quand même.

— Au service ?

— Je peux pas la rater, son bureau est face au mien.

— Entre vous, ça se passe bien ?

— On est très différentes. Elle a sa licence de droit, moi un CAP minable. À ses yeux, je suis un accident de la PJJ. Tu vois ce que je veux dire ?

Marc plissa les yeux.

— Non, je vois pas.

— Mets-la deux ans sur le terrain et elle verra si ça lui plaît. Qu'elle ait des facilités intellectuelles qui lui permettent d'avoir les concours, c'est super, mais avec les gamins c'est une autre affaire.

Deux mois après son arrivée, Cindy débarqua dans la cuisine à l'heure où tout le monde se bouscule devant le micro-ondes, et lança :

— Laurence, j'ai corrigé ton rapport, y'avait plein de fautes. J'ai reformulé des paragraphes qui me semblaient pas clairs, ça rend vachement mieux.

Laurence était allée la voir un peu plus tard, estomaquée par tant d'aplomb de la part d'une fille qui s'effondrait à la première contrariété.

— Cindy, j'ai soixante-trois ans, je prends ma retraite l'année prochaine, tu ne peux pas m'humilier comme ça, en public, tu comprends ?

— Je voulais pas, je pensais bien faire…

Elle en aurait pissé dans sa culotte.

— Bon, reprit Marc, je venais pas pour ça.

Il se gratta l'oreille.

— J'aimerais que tu t'occupes d'un gamin qui débarque au foyer.

— Il a fait quoi ? demanda Nina, plus par réflexe que par curiosité.

— Il a dérouillé une femme à un distributeur de billets. Il était en fugue depuis cinq semaines.

— Dérouillé ?

— Elle s'est accrochée au sac. Il l'a tabassée en la traînant sur le trottoir.

— Putain, souffla Nina. C'est toi qu'étais de perm ?

— Ouais. Je suis allé le voir.

— Quel âge ?

— 16.

— Il t'a dit quoi ?

— Pas grand-chose. Il avait faim, il avait besoin de fric, il a vu cette fille avec son sac, il s'est dit qu'il y avait de la thune dedans.

— Y'en avait ?

— Pas de quoi partir en vacances.

— Pourquoi tu veux que je m'en occupe ? demanda Nina.

Marc appuya une épaule contre le mur. Il n'aimait pas se tenir les bras ballants.

— Je le connais, ce môme, il souffla. Il y a seize ans, c'est moi qui l'ai suivi en protection de l'enfance.

— Y'a seize ans ? Il était pas né y'a seize ans…

— Il avait huit mois.

— Ah… Et il est au foyer là ?

— Ouais, les flics l'ont amené hier. J'ai eu Dounia, elle dit que ça va, il prend ses marques. Il est soulagé que la juge l'ait pas renvoyé chez sa mère.

— Elle a quoi, sa mère ?

— Elle venait de récupérer sa garde au tribunal. Il a passé quinze ans à Ris, en famille d'accueil. Forcément, elle se demande à quoi ça rime de gagner en justice si c'est pour laisser son môme filer en foyer. Faudra bosser avec elle.

— Pas de problème, dit Nina. J'irai voir ton jeune dans la semaine.

Marc resta une seconde, les bras croisés sur son polo rose, avant d'ajouter :

— J'ai déjà été confronté à ce genre de situation, il y a longtemps.

David, l'enfant du placard.

— Le petit savait que sa mère allait sortir de taule, il se préparait à la retrouver. Quand elle est sortie, elle a recommencé.

Nina hocha la tête.

— Tu as lu Bowlby ? demanda Marc.

— Bol-quoi ?

— John Bowlby. C'est un Anglais qui a écrit sur ces jeunes qu'on ballotte de mère biologique en mère d'accueil, de structure en structure. Il parlait de « détachement permanent ». L'enfant finit par comprendre qu'il ne doit pas s'attacher s'il ne veut pas souffrir. À chaque fois que ça se passe bien avec un adulte, une petite voix lui dit : « Attention, te détends pas, sinon le jour où ça va te péter à la gueule – et il est certain que ce jour viendra – tu vas morfler. » Donc il saborde la relation.

Nina prit le dossier de Wilfried et remonta dans son bureau. Elle sentit une pression nouvelle, comme si on lui confiait le fils d'un collègue.

Audrey Martinez tirait cent cinquante euros pour la nounou. Absorbée par les calculs de fin de mois, elle ne sentit pas Wilfried approcher. Il la roua de coups, arracha le sac, s'enfuit en tenant sa capuche pour rester à couvert. Ça n'avait pas duré dix secondes. Il s'arrêta au coin du Leader Price et recompta la somme. Trois billets de cinquante, une carte bleue, des tickets de caisse, la photo d'un enfant devant une pile de Lego, de la ferraille pour payer le pain et tout ce qu'on trouve de maquillage, de clés et de tampons dans le sac d'une femme de trente-quatre ans. Le vigile du Leader l'observait. À force de suivre des mômes dans les rayons, il avait développé un talent pour repérer ce qui ressemblait à une situation suspecte. Quelques instants plus tard, Wilfried entendit les pompiers, sirènes hurlantes, la voiture de police sur le parking. Il passa la nuit en garde à vue.

En tant que mineur, il avait droit à sa cellule. Pas de barreaux mais des murs de plexiglas, troubles et poisseux, qui avaient été transparents avant que des types ne crachent dessus. Le flic de service se tenait face à lui, derrière un comptoir. Sa tâche consistait à répondre au téléphone. À gauche, deux potes qui se parlaient à peine partageaient leur espace avec un Roumain ivre et menotté. À droite, un mec sale comme un pou qui s'était pissé dessus, et un Noir très maigre qui gueulait qu'on le laisse sortir parce que son chef ne l'attendrait pas sur le chantier. Sept heures. Une blonde vint chuchoter à l'oreille du type derrière le comptoir :

— Comment on fait pour les repas ? On en a que quatre et ils sont six.

Wilfried entendit la réponse :

— T'en donnes ni au jeune ni au Roumain.

Il se redressa et demanda tout haut à quelle heure ils comptaient servir les repas.

— J'ai super faim.

Le type sourit :

— Y'a pas de repas pour les mineurs, désolé, gamin. Par contre, t'as droit à des verres d'eau.

— Je veux un verre d'eau.

La blonde alla remplir un verre en plastique à la fontaine. Wilfried le but cul sec.

— J'en voudrais un autre, s'il vous plaît. J'ai super soif.

La blonde s'exécuta. Wilfried en demanda un troisième. La fille souffla, récupéra le verre et disparut un moment.

— Tu te crois malin, hein ? demanda le flic.

— Nan, répondit Wilfried. J'ai juste soif.

On entendit le bruit d'un frottement de cuisses dans le couloir. La blonde réapparut avec cinq verres dans les mains. Des gouttes tombaient en éclats sur le sol.

— Voilà, dit-elle en les alignant devant la cellule. Maintenant je veux plus t'entendre.

Le flic éclata de rire. Wilfried prit le premier verre sur la gauche et le but à petites gorgées, en faisant une pause à la moitié. Puis il se rassit sur le banc et fixa le policier. Au bout d'une vingtaine de secondes, le type lança :

— Je te plais ou quoi ? Baisse les yeux. Tu fais le malin et dans cinq minutes tu vas chialer comme une fiotte. C'est toujours pareil, vous finissez par appeler vos mères.

Wilfried prit le temps de respirer. Il laissa son dos retomber lentement contre le mur et articula :

— J'en ai pas de mère, gros malin. Tu risques pas de m'entendre pleurer.

Le brevet était passé, il restait une semaine de cours, mais les enfants d'Évry erraient déjà dans les rues avec du temps à tuer et nulle part où aller. Il faisait trente degrés. Sur le parking devant la barre, quatre gosses se coursaient avec des pistolets à eau. Torses nus, leurs shorts trempés dégoulinaient en traînées sur le bitume. Nina les suivit du regard jusqu'à la fontaine où ils rechargeaient leurs flingues, et monta dans les étages. Dounia, la directrice du foyer, l'accueillit en robe blanche.

— Ouah, madame ! lança Nina en portant une main à son col en dentelle.

— Oh, arrête, balaya Dounia en refermant la porte. T'as vu le temps ? On crève ici. J'ai même acheté des ventilos.

Dans son dos, le couloir était jonché de cartons d'emballage et de papier bulle. Les gamins avaient branché un ventilateur dans chaque pièce. Ça faisait un bruit d'enfer.

— Tu viens pour le nouveau ? demanda Dounia.

— Ouais, Wilfried.

— Ça va, pour le moment il est pas chiant. Il a eu son round d'observation.

— T'as quoi comme profils en ce moment ?

— Ouh là...

Dounia compta sur ses doigts :

— Trafic, trafic, trafic, viol, violences, violences, ah viol aussi mais lui ça relève plutôt de l'agression sexuelle, et puis du classique casse-couilles. Ils vont tous à Montesquieu, sauf un petit des Tarterêts qu'a pas le droit de fréquenter le collège de la victime, donc faut se taper le trajet tous les matins jusqu'à Mennecy. Ça, c'est chiant.

— Et le mien, on sait pas encore...

— Non. Il redoublait sa troisième, donc normalement il devrait aller en seconde à Brassens, mais pour le moment il est inscrit nulle part...

— On peut aller en seconde sans le brevet ? demanda Nina.

— Ouais, tu le repasses en candidat libre. Mais il a plus de seize ans, ton jeune, les lycées sont pas obligés de le prendre, et avec le dossier qu'il a, ça va être coton.

— Faut que j'appelle les proviseurs avant qu'ils aient bouclé leur rentrée.

Puis, après un silence :

— Y'a moyen de le voir seule ?

— Je crois qu'il est sur la Play avec les autres.

Nina la suivit dans le couloir.

Torse nu, en short et claquettes, Wilfried avait les yeux rivés sur l'écran. Son adversaire, voûté dans le canapé, avait trois plis épais marqués sous la poitrine.

— Les garçons, vous faites une pause ? Wilfried, je te présente Nina Mazurkiewicz, ton éducatrice.

— Dounia, steuplaît, il reste deux minutes ! J'suis en train de le froisser ! supplia le petit gros en levant les yeux de l'écran.

— Ça va, vous en avez fait je sais pas combien, des parties. Allez faire un tour au parc, elle dit.

— Au parc ? Mais y'a rien à foutre au parc !

Le petit gros jeta sa manette sur la table basse.

— Putain…

— Pardon ?

Dounia fronça les sourcils.

— J'ai rien dit.

— Ouais, c'est ça. Va faire un tour dehors.

Les jeunes quittèrent la pièce à contrecœur, à l'exception de Wilfried, qui renfilait son t-shirt.

— Tu peux m'éteindre ce truc, s'il te plaît ? demanda Dounia en désignant la PlayStation. Je sais jamais comment on fait.

Dans le bureau, une feuille oubliée vibrait au passage du ventilateur. Nina expliquait à Wilfried la différence entre les éducateurs du foyer et ceux qui, comme elle, bossaient en milieu ouvert. Les mains jointes sous le menton, il finit par lâcher :

— Pourquoi vous me tutoyez ? On se connaît pas.

Nina le regarda dans les yeux. Il ne cilla pas.

— Vous voulez qu'on se vouvoie ? elle demanda.

— J'aimerais assez.

— Très bien. Monsieur Desson, avant d'aller plus loin, je tiens à vous prévenir que j'ai passé l'âge de jouer la conne avec des enfants. Alors si vous le voulez bien, entrons dans le vif du sujet.

Wilfried sourit :

— C'est bon, m'appelez pas monsieur non plus, on dirait que j'ai trente ans.

— Bon, alors tu me dis tu.

— OK.

Il passa une main sous son t-shirt. Il transpirait d'ennui.

— Pour ce qui t'est arrivé la semaine dernière, t'as un contrôle judiciaire. Pas le droit de sortir après 21 heures, je pense que t'es au courant.

Wilfried hocha la tête.

— Je vais commencer par les points négatifs. L'agression, ça s'appelle un vol avec violence ayant entraîné au moins dix jours d'incapacité totale de travail. Pour ça, c'est la prison.

— Y'a des points positifs ?

— Ton casier judiciaire est vide. Primodélinquant à bientôt dix-sept ans, c'est rare mais c'est une chance. Tu fais la même l'année prochaine et tu files à Fleury.

— Ouais, paye ta chance…

Elle croisa les pieds sous sa chaise et recula dans le champ du ventilateur. Ses cheveux lui vinrent dans les yeux.

— Bon, raconte.

— Je raconte quoi ? Demandez aux keufs. Ils ont pris plein de notes.

— Je suis pas flic, Wilfried. En fait je suis même l'inverse, alors tu me racontes, parce que si tu me dis rien, je peux pas t'aider.

Il souffla et déroula les cinq semaines de fugue. Les premiers jours chez Driss, à ne pas oser regarder la vie des autres par la fenêtre du cinquième, puis l'ennui qui, très vite, avait pris le pas sur l'angoisse. Il était sorti faire des courses chez Aldi, puis avait revu des amis. Un soir, de loin, il avait reconnu Thierry.

— Ton pote Driss, il vit de quoi ? demanda Nina.

— J'sais pas ça... Il se débrouille.

— La bicrave ?

Wilfried haussa les épaules.

— Il se débrouille. S'il était dans le shit, il roulerait en Cayenne, pas dans une Golf toute pétée.

— Qu'est-ce que t'as fait chez lui ? poursuivit Nina.

— Rien. J'avais pas de fraîche.

— Il t'en donnait pas ?

— Si, mais j'allais pas le saigner comme une micheto. Déjà qu'il me filait un toit alors que sa meuf était là avec les mômes et tout... ça va, j'suis pas un crevard.

Driss avait rencontré une Colombienne à Madrid, en week-end. Elle tomba enceinte de jumeaux et attendit le septième mois pour s'installer à Évry. Ils vivaient maintenant à quatre dans quarante mètres carrés. Les jumeaux venaient d'apprendre à marcher. Quand ils se croisaient dans le salon, ils se touchaient le visage et partaient en riant dans la direction opposée.

— Driss, c'est ton meilleur ami ? demanda Nina.

— On peut dire ça.

— Tu peux compter sur lui ?

— De ouf. C'est un gars sûr.

— Quel âge il a ?

— Dix-neuf ans.

— Si jamais il t'arrivait quelque chose de grave, à quel adulte t'irais te confier ? Par adulte, je veux dire, qui a plus de vingt-cinq ans, précisa Nina.

— Personne.

— Y'a pas un seul adulte en qui t'as confiance ?

— Nan.

— Même pas ta famille d'accueil ?

— J'ai pas le droit de les voir.

Et comme s'il voulait effacer cette phrase, Wilfried ajouta :

— De toute manière, je les appellerais pas non plus.

Il essaya de déchiffrer ses notes à l'envers mais elle écrivait trop petit.

— L'agression, tu l'as faite pourquoi ?

— La thune. J'avais la dalle.

— Pourquoi elle ?

— La meuf ? Elle avait l'air d'avoir de la maille. Mais je la connaissais pas. Elle tirait des billets de cinquante, j'y suis allé, voilà.

— Tu sais qu'elle a fait de l'hosto ?

— On m'a dit.

— Et c'est tout ce que ça te fait ?

— Je vais pas me mettre à pleurer.

— Tu pourrais t'excuser. Ça se fait.

— Je sais pas où elle est moi, cette meuf.

Nina détacha une feuille de son bloc-notes :

— Cette meuf, comme tu dis, elle s'appelle… Audrey Martinez. Elle a trente-quatre ans, célibataire avec un enfant. Elle habite Grigny 2. Y'a son adresse dans le dossier, tu peux lui écrire.

Wilfried n'avait plus souvenir de la dernière fois qu'il avait eu à tenir un stylo. Pendant un moment, il réfléchit à sa première phrase.

— Elle a failli perdre un œil, tu le savais ?

Silence.

— Le jour du procès, elle va dire qu'elle pleure tous les jours, qu'elle n'ose plus sortir le soir, qu'elle s'agrippe à son sac dans les transports, qu'elle se retourne dans la rue. Elle dira qu'elle est suivie par un psy et que sans les antidépresseurs elle ne pourrait pas quitter son lit. Elle dira les nuits passées dans le canapé, à s'enfiler des heures de séries pour s'écraser sur l'oreiller. Prépare-toi, Wilfried.

— J'vais refuguer.

Il avait l'air sûr de lui.

— T'iras où ? lança Nina.

— Toronto. Ou Shanghai. Le foot se développe grave là-bas. Ils ont besoin de joueurs et ils paient cher.

— Je sais.

— Comment ça, tu sais ? Tu connais le foot, toi ?

— T'étais pas né que j'y jouais déjà, répondit Nina.

— Mais, dans un club, genre ?

— Ouais, dans un club, genre.

— Juvisy ?

— Nan. Pas le niveau.

Les filles de Juvisy jouaient la Ligue des champions. L'effectif composait une partie de l'équipe de France.

— Ah ouais, donc t'es nulle, se moqua Wilfried.

— Ferme-la.

— Tu joues devant ?

— Ouais.

— Et tu plantes ?

— Viens dimanche, tu verras, dit Nina.

Elle sourit.

— Vas-y, j'suis chaud. Mais ils vous font jouer quatre-vingt-dix minutes ? Les meufs, c'est comme les poussins, nan ? En mode demi-terrain, petite opposition et hop, les gouines au vestiaire.

— Petit con.

Ils eurent envie de rire, puis le moment s'échappa.

— Bon, Wilfried, je vais appeler les lycées, voir ce qu'on peut faire pour l'année prochaine, et en attendant ton contrat chinois, si tu peux rester tranquille, ça m'aiderait beaucoup.

— C'est toi qui me suis alors ? il demanda. Genre, tout le temps ?

C'était une promesse à ne pas faire.

— Tout le temps, non, mais jusqu'à ton procès au moins, et on verra pour la suite.

Wilfried tira sur une boucle qui revint en place comme un ressort.

— Parles-en à Dounia, si tu veux jouer au foot. Elle trouvera un moyen de payer ta licence.

Il pensa à Tomo et se sentit aussi triste que s'il avait perdu un frère.

Wilfried arriva au foyer le même jour que Louis, un jeune de treize ans qui rentrait ses chemises dans ses pantalons. Fils d'une grande famille, Louis circulait en taxi dans Paris. Sa sœur l'accusait d'agression sexuelle, et même si les éducateurs émettaient de sérieux doutes sur cette version – la gamine pouvait accuser le frère pour protéger le père –, Louis était obligé de vivre en communauté à Évry, dans les appartements de la PJJ. À vol d'oiseau, il n'y avait pas trente kilomètres entre Saint-Germain-des-Prés et le Champtier-du-Coq, mais c'était comme s'il avait débarqué sur une autre planète.

Un soir, il y eut des hamburgers au dîner. Louis resta interdit devant son assiette, cherchant les couverts, observant les autres enfants, leurs doigts luisant de graisse. Il posa les mains à plat sur ses cuisses et demanda tout haut :

— Pardonnez-moi, mais comment suis-je censé manger cette chose ?

Louis manqua plusieurs fois de se faire frapper. Devant Moussa qui débarquait en boubou au petit déjeuner :

— Tiens, personne ne m'avait prévenu que c'était carnaval !

Il ne le faisait pas exprès, il s'était construit dans un monde parallèle, une bulle confortable dans laquelle on trouvait normal d'aller au théâtre, au cinéma. Une bulle pleine de gens bien élevés qui ne voyaient pas l'utilité d'une paire de baskets en dehors des cours d'EPS. Louis passa quatre mois à errer dans la réalité, et changea de foyer.

Un autre gamin, mis en examen pour viols aggravés, se fit renvoyer peu de temps après. C'était un gosse avec un QI de surdoué qui jouait le handicapé. Il débarquait dans le salon, le pantalon à l'envers, des chaussettes au bout des bras, et gueulait des saloperies jusqu'à ce que les éducateurs lui tombent dessus. Il avait quatorze ans, il risquait quinze ans de taule. Comme tous les inclassables, il passait son temps entre deux placements : un coup en psychiatrie, un coup en hébergement.

Wilfried s'était vite rapproché de Julien, le petit gros qui aimait la PlayStation. En une nuit, Julien avait incendié trois écoles primaires.

— Qu'est-ce que tu kiffes là-dedans ? demanda Wilfried en le voyant se cramer les poils au briquet.

— J'sais pas, c'est comme ça, répondit-il sans quitter la flamme des yeux.

Le poil se ratatinait sur sa peau, dégageant une brève odeur de chair brûlée.

— Mais genre, tu kiffes voir du feu ? insista Wilfried.

— J'sais pas, j'te dit. C'est depuis que j'suis petit.

Julien avait dix ans quand un accident de voiture lui brisa les jambes. Les séquelles l'empêchèrent de devenir pompier volontaire. Sa frustration passa dans des poubelles cramées, puis il découvrit la beauté des feux de cagettes.

Le 19 septembre 2016, Julien reçut un courrier lui notifiant que sa demande de service civique au département incendie de la ville d'Évry était refusée. Le soir même, il chargea de la paille sur son scooter, remplit un bidon d'essence, et incendia son ancienne école. Il chronométra l'arrivée des pompiers en admirant les flammes qui montaient dans la nuit. Il eut le temps d'en allumer deux autres avant d'être arrêté.

— Pourrais-tu résister à la pulsion, s'il te prenait l'envie de brûler quelque chose ? lui demanda la juge à l'audience.

Cramponné à la barre comme s'il avait le corps dans le vide, Julien essaya d'être honnête :

— Je sais que c'est pas bien, mais je peux pas vous jurer que je vais pas le refaire.

Une fois par semaine, Louise venait voir Wilfried. Une heure. En présence de Nina. Impression de déjà-vu.

— Elle croit quoi ? Que je suis un genre de chien que tu mets à la SPA quand il chie partout et que tu reviens chercher quand il est propre ? Dis-lui de me lâcher la grappe. Je la connais pas, point barre.

Après sa journée d'usine, Louise s'infligeait une heure de bus pour se faire insulter. Elle s'était juré de rester calme, mais il lui arrivait de craquer. Un soir, elle lança :

— Au fait, j'ai retrouvé ton père sur Facebook.

Les paumes ouvertes vers le ciel, Wilfried se tourna vers son éducatrice :

— Elle est sérieuse ?

— Attendez, madame Desson, comment ça ? demanda Nina.

— J'ai vu les photos de ses gamins, c'est les copies conformes de Will. Des gouttes d'eau.

Le visage de Wilfried disparut dans ses mains.

— Je lui ai envoyé ton Facebook, poursuivit Louise. Au cas où il aurait envie de te voir.

Nina fit sortir Wilfried.

— Madame Desson, qu'est-ce que c'est que cette histoire ?

— Cent pour cent vrai, je vous jure.

— Non mais vous ne pouvez pas lui lâcher ça comme ça, c'est n'importe quoi. Il s'appelle comment cet homme ?

— Augustin.

— Et pourquoi vous dites que c'est son père ?

— Parce que c'est son père. J'ai vérifié, les dates correspondent. Et faut voir les photos !

Wilfried attendit que sa mère ait quitté le foyer pour demander à Dounia l'autorisation d'aller courir.

— OK, mais t'es rentré pour 20 heures.

Il partit en surrégime, face au vent, et dut s'arrêter après quatre kilomètres. L'envie de chialer. Des pompiers entraînaient leurs chiens à repêcher des mannequins dans la Seine. C'étaient de gros chiens noirs à poils longs, qui se jetaient à l'eau comme si leur vie en dépendait. Wilfried attendit que le noyé soit sur la rive pour reprendre sa course. En longeant le cimetière, il reconnut le gardien, un petit moustachu qui puait le cigarillo à cent mètres et se baladait toujours avec une brouette au bout des mains. Les cheveux lui retombaient en filaments sur les oreilles, on aurait dit un saule pleureur. Le type observa Wilfried haleter devant le portail, et le suivit du regard alors qu'il s'engageait dans l'allée centrale.

Quand il était petit, Wilfried venait ici après les matchs. Il regardait les dates et se demandait si les gens avaient eu un accident.

— Peut-être que mon vrai père, il est enterré là, avait-il lancé un jour à Thierry.

Son beau-père n'avait pas la réponse.

S'il avait reconnu son nom sur une tombe, Wilfried n'aurait pas fondu en larmes. Il aurait demandé s'ils pouvaient acheter une rose au vieux gardien qui sentait le tabac, et serait resté silencieux près de son ballon, avant de rentrer à la maison.

On était en novembre, l'hiver relevait les cols. Nina vérifia l'heure sur son téléphone. Un frisson lui fourra les poings au fond des poches de son blouson, un de ces vieux bombers avec le scratch sur le cœur. D'un geste elle fit s'envoler un pigeon estropié. Il y en avait de plus en plus dans cette gare routière, on aurait dit un hôpital de guerre. Le 403 ralentit à sa hauteur. Wilfried en descendit.

— T'avais pas de chaussures sans trou ? lança Nina.

Wilfried s'arrêta pour détailler sa vieille paire d'Asics.

— Achète-moi des baskets, si ça te plaît pas ! Dounia, c'est une crevarde.

— Dounia, c'est une quoi ?

— Elle me respecte pas ! Son budget c'est pour des Atémi de La Halle aux Chaussures. Je préfère mille fois celles-là. Même avec des trous.

— Bon allez, avance…

Le conseiller d'orientation était un grand Noir, très fin, avec un visage anguleux et une barbe taillée au millimètre, comme un candidat de téléréalité. Il tendit à Wilfried un formulaire intitulé « Tu es en 3e et ne sais pas ce que tu veux faire plus tard ». Les questions paraissaient absurdes : « Tu préfères… lire un roman, réparer un objet, suivre tes dépenses », ou « Tu préfères… connaître de nouvelles personnes, aménager ta chambre selon tes goûts, prendre des décisions ». Nina se baladait dans la bibliothèque en attendant que Wilfried le remplisse. Elle reposa un manuel d'éducation civique.

— Alors, t'es fait pour quoi ?

— J'sais pas, attends, dit-il, penché sur sa feuille. Je coche des trucs, hein, mais j'vois pas en quoi ça va me trouver un métier.

Le conseiller lui adressa le sourire hypocrite d'un vendeur de fringues.

— Bien, voyons ce que ça donne, dit-il en rentrant les réponses dans son ordinateur.

D'une voix solennelle, il annonça :

— Tu es compatible à 77 % avec le secteur d'activité « Sports et Loisirs », 65 % avec « l'Enseignement et la Formation », et 60 % avec « la Culture et les Arts ». Est-ce que ça te surprend ?

Wilfried jeta un coup d'œil à Nina.

— Nan, j'ai toujours été sportif…

— Et tu as déjà pensé à exercer un métier dans le sport ?

Wilfried n'aimait pas sa façon de poser les questions. De toute évidence, ce type était payé pour assassiner vos rêves de gosse.

— Tu es dans un club ? insista-t-il.

— Plus maintenant, mais je joue au foot, ouais, murmura Wilfried.

— C'est bien, ça ! Alors, football, football, qu'est-ce qu'on a...

Après un silence, il tourna l'écran pour dévoiler une page de Pôle emploi.

— Bon, tu vois, y'a pas grand-chose... Et c'est pour toute la France.

La première annonce était rédigée par le Decathlon d'Antibes qui recrutait un vendeur au rayon sports collectifs. La deuxième concernait l'Union sportive de Dizy, 1 500 habitants, dans la Marne, à la recherche d'un temps partiel pour prendre en main le club local. La troisième, l'Entente Sannois-Saint-Gratien, dans le 95, cherchait « un éducateur sportif football homme ou femme titulaire du CFF2 et du CFF3 pour une équipe U19 évoluant en Régionale 2 ».

— Vous m'avez pas compris, dit Wilfried.

Mais avant qu'il termine le conseiller s'était remis à cliquer à tout va.

— Tu as dix-sept ans, n'est-ce pas ?

— Ouais, enfin je vais les avoir.

— As-tu déjà entendu parler du BAFA ? demanda-t-il en plissant les yeux.

Wilfried se souvenait d'une dame venue leur présenter le diplôme au collège. Il y avait un stage à faire sur les vacances scolaires, et même avec l'aide du conseil général, ça coûtait dans les cinq cents balles. Il avait lancé à travers la classe :

— Dans notre sale banlieue, on nous vend le BAFA comme un truc de ouf ! Madame, dites la vérité, à Paris vous leur parlez des vrais métiers genre avocat, ingénieur, et tout.

La prof principale avait dû taper dans ses mains pour ramener le calme.

— J'en ai entendu parler, dit Wilfried. Mais c'est pété, nan ? Genre, t'encadres des petits en colonie et tout ?

Le conseiller chercha Nina du regard.

— Euh... oui, bredouilla-t-il. Enfin c'est un peu plus sophistiqué. Tout d'abord, BAFA signifie « Brevet d'aptitude aux fonctions d'animateur d'accueil collectif de mineurs ». Derrière ce nom barbare se cachent des dizaines d'opportunités. Tu peux travailler pour une école, pour une mairie, pour une association...

Son visage s'illumina soudain.

— Wilfried, tu as été scout ?

— Scout ? répéta le jeune.

Il laissa échapper un rire.

— Scout ? Genre, les religieux avec les colliers et les vieux habits, là ? Jamais de la vie !

Il se tourna vers Nina.

— C'est pas sérieux... Scout. Tu lui as dit que j'étais un bouffon ou quoi ?

Le conseiller prit un air désolé.

— Écoutez, je veux bien essayer de vous sortir de la mouise, mais je suis pas payé pour qu'on se moque de moi, hein.

Nina sut que le rendez-vous était fichu.

— T'es sérieux ? lança Wilfried. Tu crois que tu vas sortir qui de quoi avec tes questionnaires de merde ?

— Wilfried, tu te crois où ? intervint Nina, mais le gosse était déjà debout.

Le type recula, faisant crisser les pieds de sa chaise. Il était plus grand que Wilfried mais ses maigres épaules rentrées vers l'intérieur lui donnaient l'air fragile.

— Attendez, tout ce que je fais, moi, c'est vous aider, bredouilla-t-il en ouvrant les paumes.

— Rien à foutre de ton aide ! Tu crois que je suis là pour ta pitié ou quoi ?

Wilfried approcha son visage. Le conseiller recula d'un pas. Wilfried sourit, lui tourna le dos et se dirigea vers la sortie, manquant de renverser une fille de son âge. Il s'arrêta à sa hauteur.

— Meuf, perds pas ton temps. L'autre bouffon, là, s'il avait réussi son orientation, il serait pas conseiller d'orientation.

Nina le retrouva assis sur un muret, entre le grec et la patinoire. Les gens autour pressaient le pas pour se réfugier dans la chaleur des galeries marchandes. De la vapeur s'échappait de leur bouche.

— C'était quoi, ça ? lança Nina. Tu crois que j'ai des matinées à perdre ?

Le gosse leva la tête.

— Vas-y, c'est bon, tu m'as soûlé avec ton conseiller, là.

— Pardon ? Tu vas te calmer.

— Sinon quoi ? Tu vas faire quoi ?

Il se mit debout, la surplombant d'une tête.

Elle soutint son regard. Wilfried se rassit et cracha entre ses pieds.

— Fais pas la folle avec moi, grinça-t-il. Tu sais pas qui je suis.

— Lève-toi, dit Nina. Me fais pas répéter, Wilfried, lève-toi.

— Wesh, t'as cru que j'étais ton iench ?

— Lève-toi. On va déjeuner.

— Quoi ?

— Faut qu'on parle, toi et moi, parce que ça va pas du tout. Mais je sens plus mes doigts et j'ai super faim, donc tu discutes pas, tu me suis, on va se trouver un truc.

Ils marchèrent jusqu'au McDo, en face du cinéma.

— On va là ? s'étonna Wilfried.

— Ouais, tu m'excuseras mais on verra plus tard pour l'éducation à la nutrition.

Wilfried ôta sa capuche et se passa une main dans les cheveux.

— On mange vraiment là ?

— Tiens, le budget, c'est dix balles.

Wilfried prit le billet et se mit dans la queue. Quand vint son tour, il était dans ses pensées, se repassant la scène du conseiller d'orientation.

— Bonjour, quelle est votre commande ? formula la jeune femme derrière le comptoir.

Sous sa casquette rouge, on distinguait des mèches blondes. Son visage, lui, n'avait pas changé.

— Claire ? hésita Wilfried.

La fille cligna des yeux comme si elle se réveillait d'une courte sieste.

— Will ?

— Putain ! J'étais pas sûr de moi !

Son sourire dévoila des dents parfaitement blanches.

— Tu deviens quoi ? lança-t-elle.

Wilfried inclina la tête.

— Bah… J'ai été dans le foot… et là j'avoue que je fais un peu nimp, mais bon…

Claire ne voyait pas de quoi il parlait.

— Faudrait que je me reprenne, quoi… Et toi ?

Elle posa l'index sur sa casquette frappée du M jaune de McDonald's.

— C'est pas un temps plein, hein ! Je suis à 20 heures par semaine, ça paiera mes vacances.

Elle sourit de nouveau et, face aux clients qui s'impatientaient, lança :

— Alors, tu prends quoi ?

Wilfried n'avait pas repensé à Claire depuis la primaire. Il était parti à Auxerre, elle au collège, ils n'avaient pas de portables, ne s'étaient pas ajoutés sur Facebook. Le dernier souvenir qu'il avait d'elle, c'était cette boum d'anniversaire, à la fin du CM2. Les filles s'étaient maquillées les unes les autres dans la salle de bains et avaient attendu *Life*, de Des'ree, pour inviter les garçons, en rang d'oignons sur le canapé. Claire dansait sans peur, les mains posées autour de votre nuque. « Il n'y a que les montagnes qui ne se rencontrent pas », pensa Wilfried. C'était une phrase que Driss prononçait pour faire comprendre à un type qu'il le retrouverait quoi qu'il arrive.

— Merde, dit Nina en vérifiant son plateau. Assieds-toi, je reviens.

Une minute plus tard, elle était de retour avec les sauces, deux pailles et une pile de serviettes.

— Tu commences par les frites ? s'étonna Wilfried.

— T'as pris quoi, toi ?

— Un Grand Chicago Classic.

— C'est nouveau ?

— T'es ouf, c'est sorti y'a trois ans au moins, dit-il en portant le sandwich à sa bouche.

Une sauce orange coula sur ses doigts.

— Lâche un croc pour voir, dit Nina.

Il recula.

— Jamais je te lâche quoi que ce soit !

— Wilfried, sans moi tu mangerais tes doigts. Juste pour goûter, allez, lâche un croc.

— C'est contre ma religion, désolé, vraiment.
Un sourire s'étirait au coin de ses lèvres.

— Bon... mais un petit ! Je déteste qu'on pique dans mon assiette.

— C'est parce que t'es fils unique ça, dit Nina en prenant le sandwich à deux mains. Si t'avais eu quatre sœurs, comme moi, t'aurais appris à partager.

— T'as quatre sœurs ?

Elle hocha la tête, la bouche pleine.

— Putain, ton daron, miskine, cinq filles... Moi, je veux des mecs... les filles, c'est que des embrouilles, dès qu'elles grandissent y'a tous les chiens de la casse qui tournent autour, faut les surveiller et tout... Trop relou.

— Sans compter les connards qui les agressent aux distributeurs. Nan, t'as raison, les filles, trop relou...

Wilfried termina son sandwich et but son Sprite en silence. Il baissa les yeux, piocha dans ses frites encore tièdes. Il n'existait pas d'argument valable pour justifier l'attaque d'une mère célibataire qui a le dos tourné.

— Je peux te poser une question ? il osa.

— Vas-y.

— Ça fait longtemps que t'es éducatrice ?

— Dix ans.

— Et y'a jamais un mec qu'a voulu te frapper ?

Nina essuya les grains de sel qui lui picotaient le bout des doigts. Elle fit une boule avec sa serviette. L'envie de se brosser les dents.

— Je me suis fait casser le nez une fois, elle dit.

D'instinct, Wilfried chercha la cicatrice.

— Quand ça ?

— Tu vois la chambre du fond, au foyer, la dernière à gauche ? Elle sentait le shit. Le gamin était sur son lit, poing fermé. Je lui dis : « Ouvre ta main », une fois, deux fois. Il voulait pas. Je lui dis : « Tu perds ton temps, je bougerais pas tant que tu m'auras pas montré ce que tu caches. » Il se lève, il gueule, il veut sortir, je lui dis : « Ouvre ta main ou tu sors pas. » Pétage de plombs. Il met trois coups de poing dans la porte et le quatrième je le prends dans le nez.

— Ah, c'est ça la marque dans la porte ! Il s'est passé quoi après ?

— Bah, j'ai eu mal, il m'a quand même pété le nez. Mais j'avais le shit.

— Putain, j'aurais laissé le shit. Rien à foutre d'un bout de shit…, dit Wilfried.

Puis, après un moment à imaginer un jeune postillonnant sa haine avant d'éclater le nez de son éducatrice, il demanda :

— T'as eu peur ?

— Non. Ma vie fait que j'ai rarement peur. C'est pas pour autant que c'est bien, mais c'est comme ça.

Wilfried hésitait à la questionner sur son passé, quand Nina ajouta :

— J'ai eu un sacré coquard. Une semaine je l'ai gardé. Passé par toutes les couleurs de l'arc-en-ciel.

— T'as dû renifler. Faut jamais renifler, parce qu'après le sang remonte dans les yeux et tu te tapes une gueule de raton laveur.

Il tenait ça de Karl, qui avait boxé en amateur.

— Le gars, il a pris quoi ?

— Il a fait un peu de prison. Mais bon, il était en récidive avec un contrôle judiciaire. Il m'a mis une droite, il m'a pété le nez, il assume.

Wilfried se figurait le jeune en train de tirer sur sa clope dans les courants d'air d'une cour de promenade.

— Et toi, t'as peur de quoi ? lança Nina alors que, du bout de sa cuillère, il décollait un éclat de cacahuète au sommet de son McFlurry.

— J'ai peur de rien, souffla-t-il.

— Tu fais tout pour que ça foire, tout le temps, c'est qu'il y a un truc qui te fait peur.

— Nan, dit Wilfried.

Il porta la cuillère à sa bouche et la retourna sur sa langue. Nina n'avait pas pris de dessert.

— Quand t'étais petit, ça t'arrivait souvent de péter les plombs ?

— J'sais pas, dit-il. Je m'en souviens plus.

— Pourquoi t'as fait ça tout à l'heure ?

— Avec l'autre, là ? C'est lui qu'a fait le fou. À dire que je suis une merde et tout. J'vais pas me faire insulter sans bouger.

Nina rajusta sa posture sur la banquette. Elle décala son plateau et posa les coudes sur la table, rapprochant son visage comme si elle voulait lui confier un secret.

— Fais pas le mec avec moi, Wilfried, murmura-t-elle. Tu te donnes du mal pour avoir l'air d'une caillera, mais ça te va pas. T'es un gentil garçon, ça se voit.

Wilfried plongea la cuillère au fond du pot. La glace commençait à fondre. Encore cinq minutes et il pourrait la boire.

— Faut que tu me parles. J'ai besoin que tu me dises la vérité, sinon, toi et moi, on court à l'échec.

— Tu veux que je dise quoi ?

— Dis-moi ce qui t'angoisse. Dis-moi ce que tu veux faire de ta vie.

Il se racla la gorge. Regarda à gauche et à droite comme s'il s'apprêtait à traverser la rue. À part des collégiens qui riaient fort pour qu'on les remarque, personne ne se parlait.

— Ce que je veux faire de ma vie ? répéta Wilfried.

Il leva le menton et serra le regard.

— Il y a deux ans, j'étais titulaire à Auxerre, j'avais des parents qui me soutenaient, des agents qui se battaient pour que je signe, j'étais en troisième, j'avais pas redoublé. Et maintenant ?

Ses yeux brillèrent.

— J'ai quoi, sérieux ? Vas-y, dis-moi. C'est quoi cette vie de merde, putain ?

Sa voix se brisa.

— J'ai plus de club, plus de parents, plus d'école, plus de potes, et y'a une juge qui veut me mettre au chtar. C'est ça que tu veux entendre ? Casse-toi avec ta putain de question.

Wilfried se mordit la lèvre. Il resta immobile un moment, le visage de côté en espérant que ça passe. Ça faisait une éternité qu'il n'avait pas pleuré. S'il craquait maintenant, il ne pourrait plus s'arrêter.

— Tu me réponds pas, Wilfried, dit Nina.

Elle articula chaque mot comme s'il lui en coûtait de les prononcer :

— Qu'est-ce que tu veux faire ?

— Putain…, souffla-t-il. Tu comprends pas.

— Qu'est-ce que je comprends pas ? Wilfried, regarde-moi, s'il te plaît.

Le gamin fit un effort surhumain. De l'intérieur du pouce, il tenta de sécher ses yeux.

— C'est trop tard, bredouilla-t-il, et avant que Nina ne le coupe pour dire que rien n'est jamais trop tard, et tout le baratin qu'on sert aux gosses pour les rassurer, il ajouta : De toute façon, je vais aller en prison. Je le sais. Y'a pas que l'agression.

Nina ne broncha pas.

— Le *The Phone House* de l'Agora, tu vois cette histoire ? Ça aussi, c'était moi.

Elle fit non de la tête.

— Wilfried, arrête, ils étaient cinq sur les vidéos…

— Quatre. En vérité, on était quatre. C'était la nuit du 7 mai, deux semaines avant le distributeur. J'étais chez Driss, j'ai reçu un coup de fil, je suis allé chez Decathlon m'acheter une cagoule et des gants de ski. Un des gars s'était fait sortir le plan du magasin. Une porte menait aux stocks de l'autre côté du rideau de fer. Mon taf, c'était de l'abattre à la masse et de surveiller le couloir pendant qu'ils remplissaient les sacs. Ç'a été rapide. Même pas dix minutes.

Il n'y avait pas de vantardise dans sa voix.

— On est sortis par la patinoire. Il faisait chaud, j'étais en nage sous ma veste. Je me suis changé dans la caisse. Les gars ont dit qu'ils s'occupaient de brûler mes habits et de revendre les portables. J'ai pris mille euros en billets de cinquante, roulés entre eux ça faisait une liasse épaisse comme ça. J'ai mis le tout dans mon caleçon et je suis rentré par la N7. La piste cyclable.

Nina le dévisagea. Elle n'aurait pas dû le couvrir mais elle était incapable de balancer Wilfried. L'assurance avait remboursé les portables, l'enquête dormait dans un placard, maintenant, ce qu'il fallait, c'était ne jamais raconter cette histoire.

— Sinon tu files en taule et je perds mon taf.

Wilfried acquiesça en silence, mais Nina le fusillait du regard, alors il ajouta :

— T'inquiète, je jure, je le dirai pas.

C'est le lendemain que ça a vraiment dégénéré au foyer. Moussa refusait de passer le Nutella.

— Donne-le ! Sale feuj, va ! cracha François.

Moussa lécha la cuillère en agitant le pot au-dessus de sa tête comme une de ces peluches de manège qui se dérobent au dernier moment.

— Tu me zahef, donne ou je te plante ! répéta François.

Moussa lui lança un quignon de pain au visage et l'invita à niquer sa mère.

— Parle bien ! Tu tiens pas à la vie ou quoi ? Le mec, son blase, c'est François et il fait le fou avec moi…

François quitta la table. On l'entendit monter les escaliers quatre à quatre et Wilfried pensa qu'il en resterait là. Une porte claqua. Il réapparut à l'entrée de la cuisine, le poing serré sur le manche d'un couteau. En voyant la lame briller sous le plafonnier, Dounia se fit la réflexion que, en effet, cela faisait un moment que les couteaux de cuisine disparaissaient. Elle eut juste le temps de pousser Moussa dans la première chambre et de fermer derrière eux. François poignarda la porte en hurlant comme un possédé. Quand les flics arrivèrent, il se tapait le crâne sur le sol.

— Ils sont où, vos collègues ? demanda une policière, tandis que Dounia recomptait les gosses un par un.

— En réunion au milieu ouvert. J'suis seule aujourd'hui.

La policière ôta sa casquette pour lisser sa queue-de-cheval. Elle fit un tour sur elle-même. La fente dans la porte était suffisamment large pour y passer une main. Elle souffla :

— Putain, c'est *Shining* votre taf. Sans déconner, même armée, je le fais pas.

Dounia fut convoquée par son directeur.

— Vous voulez une semaine de repos ? il demanda.

— Nan. Par contre, faut les sortir, ces gosses, ils sont en train de péter les plombs.

Trois semaines plus tard, un bus se gara devant le foyer. Cinq jours de camp dans les Pyrénées.

— Qu'est-ce qu'on va foutre là-bas ? Y'a même pas de neige, j'suis sûr, grommela Wilfried.

On était mi-avril, une chaleur anormale avait replié les pulls dans les armoires.

— T'as vu les Pyrénées une fois dans ta vie ? lança Dounia. Alors tu la boucles. Je fais ça pour vous, hein, moi je connais et je suis pas payée plus cher à perdre mes week-ends pour vous éloigner de la cité.

Wilfried vomissait ces phrases : « Je m'en moque moi, je l'ai, le brevet », « Ma carrière, elle est derrière moi. Vous voulez passer pro ? Quand je vous vois, j'en doute. J'en doute vraiment ».

Un panneau annonçait Bordeaux. Wilfried avait joué une finale de tournoi là-bas, en moins de treize ans. Son équipe perdait 3-0 à la mi-temps. Il attendit que le dernier Bordelais se soit rafraîchi la nuque sous le tuyau d'arrosage, et se mit à gueuler sur ses coéquipiers. Il dit qu'il avait honte. Qu'à ce rythme-là ils en prendraient six et qu'il valait mieux pas revenir sur le terrain si on se sentait pas capables de passer la seconde. À la reprise, il marqua d'une frappe sèche et alla chercher le ballon dans les filets, comme font les pros à la télé. Auxerre l'avait emporté aux tirs aux buts. Dans les vestiaires, les mômes dansaient, torse nu autour du trophée, en faisant claquer le plastique de leurs protège-tibias.

Le bus passa Bayonne et s'enfonça dans une campagne verte comme l'Irlande, traversée de villages aux noms imprononçables : Bassussarry, Ustaritz, Jatxou, Itxassou, Louhossoa. Sur les murs des bergeries abandonnées, s'écrivait la colère d'un peuple : *Independentzia, Amnistia, Euskal presoak etxera*. Wilfried, la seule chose qu'il connaissait de ce pays, c'était la politique de son meilleur club, l'Athletic Bilbao, qui s'obstinait à ne recruter que des joueurs basques alors que la concurrence chavirait dans l'ivresse des transferts.

La pente se raidit, obligeant le chauffeur à repasser en première. Il roula au ralenti encore quelques centaines de mètres et s'arrêta au sommet, près d'un fronton.

— On est arrivés ? demanda Wilfried en découvrant les champs, les collines, les montagnes.

— Le village s'appelle Bidarray, expliqua Dounia au micro. On a un gîte pour la nuit. Extinction des feux à 21 h 30. Demain, une grosse journée vous attend.

À 9 heures, ils étaient casqués, au bord d'un torrent. Ils n'avaient jamais fait de canyoning, la plupart n'avaient même jamais mis les pieds dans une rivière. Leurs dos se raidirent au contact de l'eau glacée puis, très vite, ils oublièrent le froid. À midi, Wilfried se trouva un carré de soleil pour grignoter son paquet de chips. Il ôta les manches de sa combinaison et exhiba ses pectoraux.

— Oh, le costaud, tu veux sauter ? lança le moniteur.

La trentaine, un tatouage tribal lui dévorait l'épaule.

— Sauter où ? demanda Wilfried.

— Le rocher, là. Il est à douze mètres.

Wilfried leva les yeux. Il n'était pas sûr de regarder au bon endroit.

— Genre, on peut sauter de là-haut ?

— Y'a six mètres de fond. Tu peux y aller tranquille.

— Tu me donnes quoi si je le fais ?

Le type rit en faisant non de la tête.

— Putain, vous êtes incroyables. Y'a rien de gratuit dans vos vies ou quoi ?

— Nan, y'a rien de gratuit. Alors ?

— J'sais pas, moi… Tiens, je te file ma glace. On a des Magnum ce soir.

Wilfried lui tapa dans la main.

— Si tu te chies dessus, par contre, je mange la tienne.

— Ouais, t'inquiète, je tricherai pas, dit Wilfried.

Il resserra les nœuds de ses lacets et se dirigea vers le rocher dont la tête dépassait de la végétation. Plus il grimpait et plus il entendait son cœur. Du haut de la falaise, l'eau noire prenait des reflets verts et bleus. On distinguait les cailloux ronds, polis par le courant, tapis dans le fond. Les jeunes autour semblaient écrasés, minuscules.

— Saute bien au milieu, les pieds joints et les bras ramenés contre ta poitrine, cria le moniteur.

— D'accord, dit Wilfried, et à sa voix, tout le monde sut qu'il avait peur.

— Réfléchis pas ! Tu comptes jusqu'à trois et tu sautes !

Wilfried fixa un point dans la lumière. En bas, des araignées glissaient comme des patineuses, sans rider la surface. Burinées par le soleil, ses épaules avaient séché.

— Tu fais ta fiotte ? gueula Julien.

Wilfried leva le menton.

— Vas-y, monte ! Bâtard, va !

Il compta dans sa tête, essaya de se jeter, mais la peur le retenait toujours au dernier moment. Il pensa aux sauteurs du World Trade Center et au courage qu'il avait fallu pour accepter l'appel du vide. Des rires lui parvinrent.

— Pour moi ce sera aux amandes, le Magnum ! lança le moniteur.

Wilfried fit une nouvelle tentative.

— Putain ! C'est ouf, j'arrive pas ! Je suis sec en plus, là !

— Allez, saute, bordel, grommela Julien. Ça me file mal au cou de te regarder comme ça.

Wilfried sursauta en sentant une main se poser sur son épaule. Il découvrit une petite brune en deux-pièces orange. Bronzée, les cheveux très noirs. Une gitane. Ou une Espagnole.

— Je peux ? souffla-t-elle.

Wilfried se décala en fixant ses orteils pour ne pas glisser. La fille plongea tête la première dans l'eau glacée, disparut sous l'écume et réapparut un mètre plus loin, nageant le crawl vers un rocher. Elle essora ses cheveux à deux mains, des gouttes roulèrent le long de ses hanches.

Sa peau luisait au soleil. Wilfried sauta en oubliant de croiser les bras.

Viviane.

C'était son premier jour au foyer. Elle remplaçait François, parti en psychiatrie, et avait dormi tout le trajet. Elle avait quatorze ans.

Les gosses ne s'épanchaient pas sur les raisons de leur placement. Les violeurs ne disaient pas qu'ils avaient violé. Les violés ne disaient pas qu'ils l'avaient été. Les prostituées ne racontaient pas qu'elles étaient tombées amoureuses d'un vieux en se cherchant un père. Viviane était née en 2002. Ses parents s'étaient séparés quand elle avait trois ans. Elle multiplia les fugues et s'installa chez Jordan, un raté de trente-six ans qui avait vu en elle un moyen de faire du fric. Il lui apprit le shit et la cocaïne. Elle quitta le collège en cinquième, suivit Jordan à Lyon et deux mois plus tard elle tapinait à l'Artillerie, la zone industrielle coincée entre le périphérique et la voie de chemin de fer. Au commissariat, quand l'inspectrice lui demanda pourquoi elle avait suivi cet abruti, Viviane répondit « Par amour », et quoi qu'en pensaient les adultes, c'était la seule raison valable.

À présent, Jordan dormait en taule et elle faisait du canyoning, comme si cela avait un sens. Quand il lui manquait trop, Viviane lançait une vieille chanson de Diam's qui, de manière troublante, la renvoyait à sa propre vie :

Poupée, elle était loin cette solitude
dans le wagon,
Prison dorée, t'as pris perpète dans son lagon,
Poupée, chez lui c'était le paradis sur terre,
T'as même retrouvé le sourire,
Brûlé dans une petite cuillère.

Viviane fumait une cigarette près du fronton, à cent mètres du gîte où les autres jouaient aux cartes. Un jeune berger rentrait ses brebis sous un ciel dégagé. Les montagnes se succédaient sur l'horizon jusqu'à l'endroit brumeux où le ciel et la terre se confondent.

— Salut, dit Wilfried.

Il s'assit sur le muret de pierre, laissant un espace suffisant pour ne pas l'oppresser. Elle souffla sa fumée.

— Salut, lâcha-t-elle.

Puis, après un silence :

— C'est des vautours.

— Quoi ?

— Les oiseaux là-haut, qui tournent. C'est des vautours. Le berger, là, il me l'a dit. Normalement, ils mangent que des carcasses, mais ils ont plus de prédateurs. Du coup, ils se reproduisent, et ils ont la dalle. Des randonneurs se sont fait attaquer.

Wilfried ferma un œil et distingua, en effet, les formes sombres qui tournoyaient en altitude.

— Tu viens d'arriver ? il demanda.

— Ouais. Ils voulaient pas me laisser seule au foyer.

— Ah… Je me demandais pourquoi on t'avait jamais vue.

Viviane écrasa sa cigarette. Le mégot resta planté dans la pierre. Elle fit comme si elle ne savait pas que Wilfried scrutait les détails de son visage, et regarda droit devant, en direction des brebis.

— T'appelles comment ? lança-t-elle.

— Wilfried.

— Et t'es là pourquoi ?

— Pas de parents.

Elle hocha la tête en silence.

— Et toi ?

Viviane planta ses yeux marron dans les siens. Elle sourit :

— Pas de parents.

— T'étais en famille d'accueil ?

— Ouais, j'ai eu ça un moment, dit-elle d'un air détaché, comme si elle venait de s'en souvenir. Ça a pas duré.

— Avant d'arriver ici, t'étais où ?

— T'aimes ça, les questions, hein ? T'es keuf ?

Il se sentit d'un coup vulnérable, et l'imita en fixant les brebis.

— En vrai, pourquoi t'es là ? répéta Viviane.

Wilfried essaya d'avoir l'air serein. Il lui semblait impossible de dominer la conversation avec une fille pareille.

— J'étais en famille d'accueil, je commençais à péter les plombs quand un fils de pute de juge a décidé de m'interdire de les voir en décrétant que je devais vivre avec ma mère biologique, celle qui m'avait abandonné. J'ai fugué, on m'a retrouvé, et comme ils savaient pas quoi faire, ils m'ont mis en foyer.

— Tu l'aimes pas, ta mère ?

— Nan. Enfin, je sais pas qui c'est. On m'a montré une femme de trente-six ans qui en faisait cinquante, on m'a dit « C'est ta mère, maintenant faut l'aimer fort », je leur ai dit d'aller se faire enculer et je l'ai plus revue.

— Elle vient jamais te voir ?

— Si, mais on se parle pas. Enfin, je lui parle pas. Elle reste une heure sur sa chaise, à me demander si ça va. Y'a mon éducatrice qui est là, heureusement, alors elles discutent toutes les deux. À la fin elle se lève, elle se casse, et deux semaines plus tard ça recommence.

— Me dis pas que ta famille d'accueil te manque.

— Pourquoi ?

Viviane se ralluma une clope – signe qu'elle acceptait de vivre cinq minutes de plus en sa compagnie.

— Que des chiens, dans les familles d'accueil. T'es une marchandise pour eux. Y'a que le fric qui les intéresse.

Wilfried avait eu cette discussion avec Anna. Il s'était senti trahi en apprenant qu'elle recevait un chèque pour s'occuper de lui.

— Pas les miens, il dit. T'as peut-être pas eu de chance, mais j'avais que huit mois quand ils m'ont eu et pendant quinze ans ils ont tout fait pour moi. Je pense que même pour rien, ils l'auraient fait.

Viviane éclata de rire.

— Pourquoi ils ont pas demandé à le faire gratuitement, alors ?

— Peut-être qu'ils l'ont fait. J'en sais rien. Peut-être qu'ils touchaient plus d'argent sur la fin.

— Comment tu t'appelles déjà ? Wilfried ?

Il ne broncha pas.

— Eh bien, Wilfried, je peux t'assurer une chose : tes parents d'accueil étaient comme tous les autres, payés pour que ton petit cul dorme au chaud toute l'année. Y'a pas d'amour là-dedans. C'est du business.

Viviane aurait été un mec, ou tout simplement moins jolie, Wilfried l'aurait insultée.

— Comment tu peux être si sûre de toi alors que tu les connais pas ? il demanda.

Viviane lui fit face.

— Tu crois qu'ils t'aiment ?

— Je crois, ouais. Quand je suis parti, ils pleuraient.

Elle leva les yeux au ciel.

— C'est le chèque envolé qu'ils pleuraient. Je sais pas comment tu peux croire qu'ils t'aimaient alors qu'ils étaient payés pour. Ça n'a pas de sens.

Wilfried chercha à toute vitesse des souvenirs heureux avec Thierry et Anna. L'image de Thierry appelant le commissariat lui revenait comme un cauchemar. Il s'arrêta avant que la tristesse ne l'envahisse. À force d'y penser, il finirait par se convaincre de n'avoir jamais été aimé.

— Admettons qu'ils faisaient ça pour la thune, exposa Wilfried. Pourquoi ils auraient engagé les démarches pour m'adopter ?

Viviane écarquilla les yeux.

Elle termina sa clope, écrasa le mégot à côté du précédent, et dit :

— Alors peut-être que t'es une putain d'exception, le seul orphelin qu'on a aimé gratuitement.

Elle sauta le muret, remonta la fermeture de sa veste de jogging et se dirigea vers le gîte, une énorme bâtisse aux volets rouges et aux murs blanchis à la chaux. Il la regarda s'éloigner. À mi-chemin, elle se retourna.

Wilfried sourit et lui emboîta le pas.

Tout ce que Wilfried pensait savoir sur le sexe, il l'avait appris dans le porno. Il n'avait jamais fait l'amour. Il avait failli, plusieurs fois, profiter de ce plan à l'Ibis Budget de Grigny, une chambre pour quatre, louée à sept ou huit pour sauter des michetos ramassées sur Snapchat. Des fleurs sans épines qui vieillissaient tout de suite. On les retrouvait deux ans après, à pousser des mioches dans le quartier avec, dans la rétine, la tristesse de celles qui ont abandonné.

Ses mains tremblaient, cette nuit-là, alors qu'il traversait le couloir vers la chambre des filles. Il essaya de respirer par le ventre, comme on leur apprenait au centre, mais les pensées se bousculaient. Il se mit à espérer que Viviane ait ses règles. Ils seraient obligés de remettre ça. Il aurait quatre, cinq jours de plus pour se préparer.

Viviane l'embrassa. Il se demanda s'il devait garder les yeux fermés, et ne put s'empêcher de vérifier ce qu'elle faisait des siens. Fermés. Il la déshabilla en essayant d'avoir l'air d'exécuter ces gestes pour la centième fois. Viviane le guida, monta sur lui et le fit jouir en elle. Wilfried s'empêcha de dire je t'aime. Il resta allongé, nu à ses côtés. Il regardait le plafond en rêvant d'avenir. La voix de Viviane résonnait dans son crâne : « Tu pourras aller chercher la petite à l'école ? », « J'ai une réunion à 18 heures, t'emmèneras ton fils au foot ? » Il pensa au mariage, et même s'il ne croyait pas en Dieu, il ne l'imaginait qu'à l'église, elle en robe blanche, lui en costume, nœud papillon et chaussures qui claquent. Il y aurait Driss, Tomo, quelques potes, une belle fête. Wilfried vit un pavillon avec un chien dans le jardin. À Soisy, ou Bondoufle, un coin calme. La maison aurait un étage, peut-être deux, et un garage pour ranger le bordel, c'est ce qui manque le plus en appartement, ça, un garage. Il ferait creuser une piscine, installerait un jacuzzi. Voilà, la vie serait belle comme ça. Avec un contrat aux États-Unis, en Inde, en Chine ou au Qatar, ce serait jouable. Les salaires y étaient mirobolants et le niveau à peine plus élevé que la CFA. Mais il faudrait quitter le foyer. Reprendre le foot et se faire repérer.

— Tu penses à quoi ? murmura Viviane.

Wilfried préféra ne pas l'effrayer.

— À toi.

Elle s'endormit. Lui s'imaginait raconter la rencontre à leurs enfants. C'était une belle histoiré. À une époque où les jeunes matchaient sur Tinder avant de se voir en vrai, papa et maman s'étaient aimés sur un rocher, au-dessus d'une rivière basque.

Dounia s'était lancée dans un cours de cuisine. « Initiation au goût. »

— Qui n'a jamais mangé de poisson grillé ?

Les douze gamins levèrent la main.

— Très bien. Avant que vous n'en fassiez de la charpie, dites-vous que ce sont peut-être les derniers poissons de votre vie. Avec la surpêche, vous mangerez bientôt des sauterelles.

Les jeunes ne comprenaient pas un mot de ce qu'elle racontait. Dounia dévoila les poissons. Des dorades entières avec la queue et la tête, toutes identiques.

— Wesh, ça pue sa mère ! lâcha Wilfried.

— Ça pue pas, ça sent l'iode, répondit Dounia. Ils sont frais de la veille.

— Genre ça nageait dans la mer hier, ça ? lança Moussa. C'est du surgelé qui dort chez Picard depuis un mois, ouais !

Wilfried se força à rire.

— Ces dorades ont été pêchées au large de Marseille, dit Dounia en les étalant sur le plan de travail. Elles ont roulé toute la nuit pour être à l'aube chez le poissonnier. Vous êtes libres de les cuisiner comme bon vous semble, mais je ne veux voir personne jouer avec la nourriture. Ces poissons ne sont pas morts pour rien. Vous allez les manger.

— Vas-y mais Dounia, tu t'es trop crue dans *Top Chef* toi ! Donne des potatoes ! On est en pleine croissance.

— Tu m'uses. Je vais faire comme si j'avais rien entendu.

Dounia lança le chronomètre.

— Vous avez trente minutes, pas une de plus !

Viviane et Julien formaient le premier binôme. Julien fit fondre du beurre dans une casserole, y ajouta du jus de citron et de la crème fraîche pendant que Viviane tranchait un concombre en petits morceaux. Elle râpa des carottes en fines lamelles et fit bouillir de l'eau pour le riz.

— C'est tahitien notre truc, dit-elle à Julien en vérifiant les ingrédients sur son téléphone. Normalement, c'est avec du thon cru mais on s'en tape, on dira que c'est une recette revisitée.

Julien posa la dorade sur le gril et la vit changer de couleur. Il recula de deux pas pour admirer son œuvre.

— C'est grave facile en vrai. Viviane, on a dead ça !

Il pivota vers Moussa et Wilfried, qui luttaient pour découper les nageoires de leur poisson.

— Putain, les Renois, vous êtes pas prêts pour *Koh Lanta* !

— Pff, vous avez gardé la tête ! grommela Wilfried.

— On la mange, la tête, qu'est-ce qu'il y a ? Ça se voit que t'as pas fait la guerre, toi !

— Bouffon, va ! souffla Wilfried, ce qui fit sourire Viviane.

Dounia les rejoignit en se bouchant le nez.

— Ça sent bizarre, non ?

Les jeunes haussèrent les épaules.

— Vous trouvez pas qu'il y a une odeur ? insista l'éducatrice.

— Je croyais que c'était Julien, dit Viviane.

Wilfried et Moussa explosèrent de rire.

— Non, sérieux, dit Dounia. Vous l'avez vidé, votre poisson ?

Julien écarquilla les yeux.

— Comment ça, vidé ?

— Les viscères, ils sont où ?

— Les quoi ?

Dounia laissa échapper un petit rire.

— Julien, un poisson, c'est un être vivant. Ce qu'il mange, ça va dans ses intestins. À ton avis, ils sont où, ses intestins ?

Le dégoût déforma le visage du gamin.

— On est en train de le cuire avec sa merde, là ?

Viviane recula d'un pas.

— Putain, tu me deg !

— Quoi je te deg ? s'emporta Julien. T'avais qu'à le dire si tu savais ! L'autre, elle est là à couper ses concombres en mille morceaux et elle se plaint !

Ça dégénérait. Dounia se saisit des couteaux oubliés sur le plan de travail.

— L'autre, elle a un prénom, bâtard ! lança Viviane.

— Mais ferme-la, pétasse, va !

Wilfried attrapa Julien à la gorge.

— Oh oh oh oh, parle bien, fils de pute !

Il colla son front contre le sien. Viviane se mit à crier.

— Putain Will, lâche-le ! Lâche-le !

Il desserra sa prise, laissant des traces blanches sur le cou de Julien. Viviane criait toujours.

— Tu m'as entendue appeler au secours ? Tu m'as entendue te supplier ? Merde, Will, c'est quoi que tu comprends pas ?

Elle articula :

— J'ai besoin de personne ! PER-SON-NE ! Surtout pas d'un gamin comme toi !

Wilfried la dévisagea, de haut en bas.

— Casse-toi, elle dit.

Il quitta le foyer et marcha une heure, seul dans le quartier, sans but mais sans pouvoir s'arrêter. Il aurait aimé se faire embrouiller par un type pour avoir une bonne raison de frapper quelqu'un, mais personne n'osa lui parler.

À 20 heures, Dounia l'appela par la fenêtre pour le dîner, comme on appelle son chat le matin du grand départ en vacances. Viviane l'attendait dans l'entrée.

— Excuse-moi, elle dit. C'était maladroit de ta part mais ça partait d'une bonne intention.

Wilfried ne put la regarder. Il se contenta de hocher la tête en fixant le bout de ses pieds. Ce qu'il voulait, c'était une guerre à l'ancienne. Chacun tient ses positions, personne ne se parle, ça dure des semaines et sans savoir pourquoi, un jour, le naturel revient. Il est plus facile de jouer les durs que d'accepter de crever l'abcès.

Viviane lui prit la main et l'entraîna dans les escaliers.

— Pourquoi t'es comme ça ?

Insécurité affective. Peur de l'abandon. Autodestruction.

— Je sais pas.

— C'est ta mère ? elle demanda.

— Quelle mère ? La camée translucide ? À part Nina, j'ai plus personne.

— Qu'est-ce qu'elle a de plus, celle-là ?

Wilfried sentit de la jalousie dans sa voix.

— Elle me comprend, il dit. C'est une daronne et tout, mais… c'est comme si elle était une sorte de tante et que j'étais le neveu qui a perdu ses parents dans un accident. Elle se dit : « J'ai pas le droit de le laisser tomber. » Tu vois ?

Viviane acquiesça d'un signe de tête.

— Tu crois vraiment qu'elle étendra un matelas dans la chambre de ses gosses quand tu seras en chien pour dormir ?

— Nan. Elle le fera pas. Mais je la kiffe parce qu'elle m'a jamais promis ça.

Une odeur de pain chaud remplissait peu à peu le rez-de-chaussée de la PJJ.

— Teddy, t'as lancé les pizzas ? gueula Marc depuis son bureau.

— Ouais. Encore cinq minutes !

Marc le rejoignit dans la cuisine.

— Teddy, sérieux, des Top Budget ? dit-il en désignant le carton d'emballage. Respecte-toi un peu, on dirait les courses de ma fille.

— Oh papy, c'est un débat Macron-Le Pen. Tu crois quand même pas que je vais ouvrir un bloc de foie gras. D'ailleurs si ça m'énerve trop, je te préviens, je mets le foot.

— Y'a encore des matchs ? Je croyais que le PSG avait tout raflé…

— Tss, tss… Real-Bayern ce soir ! Champion's League.

Laurence fit irruption dans la pièce.

— Eh oh, Nina n'a pas mis ses gosses chez sa mère pour que vous nous infligiez du foot. Vous aurez qu'à mater le replay.

Teddy préféra ne pas expliquer pourquoi une demi-finale de Ligue des champions ne se regardait pas en replay.

Nina, Romane et Fanny, la petite dernière du service, les rejoignirent. Marc ouvrit une bouteille de blanc, servit les verres et tira une chaise pour se retrouver à une distance respectable de l'écran.

— Vous faites ça à chaque fois ? demanda Fanny.

Elle avait fait du droit à Évry en pensant devenir avocate dans l'humanitaire, et avait tout plaqué après un stage dans une ONG. Les bons samaritains claquaient des sommes folles en alcool, prenaient quelques selfies avec des Noirs au ventre gonflé et rentraient le cœur léger, heureux d'avoir vécu une « aventure ». Ça l'avait vaccinée.

— La présidentielle, oui, ça évite de ruminer chacun chez soi, répondit Laurence.

— Moi, ça m'éclate, dit Teddy. À chaque fois ça dérive sur l'insécurité et y'a un candidat qui lance : « Je créerai une institution spécialisée dans la prise en charge des mineurs délinquants ! » Ah ouais ? Très fort bonhomme.

Laurence posa sa part de pizza sur une feuille de Sopalin. Elle s'essuya les mains et dit :

— C'est depuis Sarkozy tout ça ! Les chiffres prouvent le contraire, mais les gens sont persuadés que les jeunes délinquent plus qu'avant.

Marc termina son verre de blanc. Il hésita, de peur de passer pour le vieux con qui avait tout vécu. Puis dit :

— Faut vous y faire, on est pas du bon côté de la barrière. On sera toujours accusés de protéger des criminels.

Zoulous, voyous, sauvageons, racailles. Un ministre, une loi. Marc se souvenait de sa propre enfance. Lui n'était jamais passé devant un juge parce qu'il s'était battu à la récré.

— Une bagarre, sans déconner... T'as douze ans, t'es en colère, tu te bats. Faites le test : combien de gosses arrivent chez nous pour ces conneries ? Après, c'est fini. Ils ont le label délinquant, ils sont dans la machine.

— J'ai pas ton expérience, Marc, mais pour moi le vrai problème, c'est le temps, dit Romane. J'ai plus le temps de dénouer les relations compliquées.

Elle se tourna vers Nina.

— Notre rôle, c'est de rendre la main aux parents, mais quand ils sont trop destructeurs, on doit pouvoir dire au jeune : « Sauve ta peau. » Nina, moi je l'ai dit à ton Wilfried : « Ta mère te bouffe ! T'es une personne à part entière, tu es jeune, intelligent, tu peux encore t'en sortir. »

Nina croisa et décroisa les jambes sous sa chaise. Elle hésita un instant.

— Écoute, ce gosse, il me touche. Bien sûr qu'il est intelligent, il pourrait faire n'importe quel métier. Sauf que là il est à mille deux cents tours dans le tambour de la machine à laver. Il a dix-sept ans, il va passer devant la juge pour des faits graves, il flippe et je peux pas le rassurer parce que j'ai moi-même super peur qu'il prenne du ferme. Comment tu veux qu'il construise quoi que ce soit, s'il s'attend à être envoyé à Fleury ?

— Nina, ton boulot, c'est pas de lui éviter la taule, dit Teddy. J'ai fait cette connerie, et ceux qui avaient de grosses peines au-dessus de la tête m'ont dit : « J'aurais dû bouffer ma prison avant. Ça m'a servi à quoi, tout ce temps perdu ? »

— Il va faire quoi en cellule ? demanda Nina. Il va pas apprendre un métier, il va pas resserrer les liens avec sa mère, il va faire quoi ? Là au moins, au foyer, il a sa copine, il a Dounia, y'a quand même un cadre, enfin, je sais pas...

— Il a une copine ? s'étonna Romane.

— Oui, la petite Vivi.

— Une brune, toute menue ?

— Oui, voilà.

— Attends, c'est pas celle qui faisait le tapin ? demanda Teddy.

— Si, c'est elle, souffla Laurence.

Elle aurait aimé ne pas le préciser.

— Je sais qu'on n'encourage pas des jeunes fragiles à entretenir des relations, dit Nina, mais ce serait une erreur de leur mettre des bâtons dans les roues. Ils s'équilibrent l'un l'autre.

— La Viviane en question, elle a des visites ? demanda Teddy.

— Sa mère, de temps en temps, mais c'est une folledingue. Un jour elle pète la forme, elle a mille plans sur le feu, elle parle de monter un restaurant, de faire le tour du monde, enfin que des trucs délirants. Et le lendemain elle est au fond du seau, à répéter qu'elle est qu'une merde, qu'elle aurait aimé ne jamais avoir de gosse et que c'est la faute de sa fille si elle a raté sa vie.

Les éducateurs acquiescèrent en silence. Marc ouvrit une seconde bouteille de blanc et, d'un geste du pouce sur la télécommande, redonna la parole aux candidats qui s'invectivaient en sourdine.

En boxe, les coups qui mettent KO sont ceux que l'on ne voit pas venir. On pense avoir la victoire au bout du gant et on se retrouve comme une carpe sortie de l'eau, l'œil vitreux sur le sol, à chercher de l'air par-delà le protège-dents.

Allongé auprès de Viviane, les jambes croisées aux chevilles sur l'accoudoir du canapé, Wilfried lui caressait le bras tout doucement, du coude au poignet, avec la pulpe de ses doigts. Elle ferma les yeux. Sa respiration ralentissait quand des voix résonnèrent dans le couloir. La porte s'ouvrit.

— Oh, les amoureux, on trouve une chambre et on décampe, y'a foot ! lança Julien en se laissant tomber dans le canapé. Viviane se blottit contre Wilfried. Elle donnait vraiment l'air de se réveiller. Deux autres mecs se serrèrent à leurs côtés.

— C'est quoi ? demanda Wilfried en se redressant.

— PSG-Monaco ! lança Julien en montant le son.

La caméra filmait les Parisiens sortant du vestiaire au compte-gouttes avant de taper dans la main d'un type en survêtement. Le préparateur physique, pensa Wilfried. Le journaliste passait en revue les titulaires. Quand ce fut le tour de Kylian Mbappé, il précisa que l'attaquant du PSG allait affronter pour la première fois le club qui l'avait révélé. Wilfried avait un an de moins que lui. Il connaissait sa réputation mais ne l'avait jamais croisé sur un terrain. La composition de l'AS Monaco s'afficha sur l'écran et le journaliste salua la stratégie de l'entraîneur :

— On peut le dire, en lançant ce soir Toni Fernandes dans le grand bain de la Ligue 1, Leonardo Jardim tente un coup de poker. Arrivé l'an dernier en provenance de l'AJ Auxerre, ce jeune milieu de dix-sept ans aura fort à faire dans l'entrejeu, face à la constellation d'étoiles du Paris-Saint-Germain.

Les images montraient Toni à l'échauffement. Il slalomait entre des plots, enchaînait les sprints courts, riait dans son maillot rouge et blanc. Depuis le départ d'Auxerre, Wilfried n'avait plus donné signe de vie. L'époque lui semblait si lointaine. Il eut soudain besoin d'air.

— Qu'est-ce que t'as ? demanda Viviane.

— Rien, répondit Wilfried.

Il se leva et quitta la pièce comme s'il allait vomir.

Ce qui vous serre les entrailles une heure avant d'être jugé par une cour de justice est bien supérieur au stress du tireur de penalty. C'est une peur profonde, qui donne envie de chialer. Au second procès, l'angoisse s'envole. Le décorum, les personnages, tout cela vous paraît familier. Les jeunes qui débutent dans la délinquance se repèrent facilement. Ils font les cent pas avec une pochette cartonnée comme s'ils tournaient au centre commercial pour déposer des CV. Ces pochettes cachent des attestations de stages pour les stupéfiants ou la sécurité routière. Certains ont enfilé leur plus beau jogging, d'autres ont risqué la chemise aux manches bouffantes et la cravate de papa. Ceux-là portent des chaussettes blanches sous leurs pinces et font des triples nœuds à leurs chaussures cirées. Ils stressent dans le corps d'un autre.

La machine libéra un gobelet en plastique. Par réflexe, Nina souffla sur son café. Elle s'approcha d'un gamin qui portait une veste à boutons croisés. Il déverrouilla son téléphone d'une main noircie par le cambouis et l'huile de vidange, dévoilant une Audi en fond d'écran. Antonin bossait dans un garage.

— Alors, on est pas bien là ? lança-t-elle.

Antonin fit un effort colossal pour lui rendre son sourire :

— J'ai connu mieux.

Pour assister à l'audience, sa mère avait posé un après-midi.

— Faut pas que je craque mais je sens que ça monte déjà, murmura-t-elle en passant sous les portiques de sécurité.

La valse des avocats et des prévenus lui donnait le tournis. Fanny s'arrêta à leur hauteur et posa une main sur l'épaule de Nina.

— Je pensais que ton jeune passait à 15 heures !

— Wilfried ? Ouais, mais j'en ai un autre avant. Dylan, le grand dadais qui a frappé une petite du foyer. Il a un pois chiche dans le crâne, celui-là…

Dylan était bête. On aurait pu dire avec bienveillance qu'il avait grandi trop vite, mais il n'y avait pas de mot plus juste pour le qualifier. Il était bête.

— Tu t'es excusé ? demanda la juge depuis son estrade.

Mme Liaze n'avait pas vingt-sept ans mais sa prestance aristocratique lui conférait une certaine autorité. Il lui était parfaitement inutile d'ouvrir la bouche pour faire comprendre au jeune, un mètre plus bas, qu'ils n'étaient pas du même monde.

— Non, répondit Dylan.

— Pourquoi ?

— Elle l'a pas fait, je vais pas le faire.

— Très intelligent, souffla la juge. Je lis ton dossier, Dylan. Racket, agressions, vol, des claques sur des camarades de classe, etc.

— Ouais, vite fait.

— Comment ça, vite fait ?

— Bah nan mais, c'est compliqué, quoi.

Nina se leva, sentant que Dylan allumait son propre bûcher.

— Ce qu'il veut dire, c'est qu'au foyer le groupe est compliqué. Il y a pas mal de jeunes qui instaurent une mauvaise dynamique. Et son problème, c'est qu'en ce moment il est dans le rien. Pas de boulot, pas de formation, pas de scolarité.

— Dylan, ta prise de conscience semble assez limitée. Tu entends ce que dit ton éducatrice ? demanda la juge.

Il leva les yeux au ciel.

— Éducatrice ou pas, ça changera rien, je ferai quand même ce que je veux. Les éducateurs, vous croyez quoi ? Ils servent à rien, eux.

— Ah bah merci, souffla Nina.

— Tu sais qu'avec ce genre de réflexion, le parcours, il est tout tracé, c'est la prison, dit la juge.

— Et alors ? J'ai pas peur de la prison. Si faut que je fasse de la prison, j'en ferai. Il est où le problème ?

La juge soupira dans le micro, faisant grésiller les enceintes. Elle ne savait plus quoi faire.

— Madame, dit-elle en rappelant la maman qui s'éloignait dans l'allée. Votre fille est convoquée ici mercredi prochain, le 18 à 9 h 30. Notez-le bien.

La mère de Dylan hocha la tête et se dirigea vers la sortie. Elle était depuis longtemps en pilotage automatique.

La salle se vida et la juge chuchota en direction de la greffière :

— Manon ! Oh là là, j'suis morte. Je me suis endormie à deux heures du matin, je sais pas ce que j'ai eu, ça m'arrive jamais.

La greffière se contenta de sourire. Elle avait sans doute bien dormi.

— Bon, si tout va bien, j'arriverai à faire une petite sieste dans l'après-midi, poursuivit la juge, et la salle retrouva le silence précaire qu'on observe dans une cour d'école, juste avant la récréation.

Wilfried entra devant Nina. Il s'était laissé pousser une barbe clairsemée qui lui donnait l'air plus âgé. Louise s'installa à gauche, sur les bancs des parties civiles. Elle avait encore maigri. L'encre bleutée des tatouages sur sa peau diaphane la faisait ressembler à ce qu'elle était : une ancienne toxicomane. La victime se tenait un rang devant. Louise se décala pour dégager son champ de vision.

— Tu as de la chance d'être mineur, lança la juge. À dix-huit ans, tu n'auras plus cette excuse. La justice n'entrera plus dans les détails de ta personnalité pour te trouver des circonstances atténuantes. Comparution, hop, prison, et au suivant !

Wilfried ne broncha pas.

— Alors, les faits : tu es accusé d'avoir agressé Mme Martinez, Audrey, le 12 juin 2016 à Ris-Orangis. Mme Martinez tirait de l'argent à un distributeur de billets quand tu l'as fait tomber à terre avant de la rouer de coups. Es-tu d'accord avec ça ?

Wilfried hocha la tête.

— Pardon ?

— Oui, je suis d'accord, dit-il de sa voix grave.

— Bien.

Mme Liaze demanda à Dounia comment cela se passait au foyer. À peine eut-elle pris la parole que la juge l'interrompit pour lui faire signe d'avancer à la barre. Ses mains lissèrent les plis de son t-shirt. Dounia se tenait à quelques centimètres de Wilfried.

— Ça fait un an qu'on l'a au foyer. Il est au carrefour de plusieurs problématiques : abandon, colère, délinquance, violence. C'est une cocotte-minute, calme pendant des semaines, et d'un coup ça explose. Il fait partie de ces jeunes difficiles à cerner. Malgré le suivi psychologique mis en place, il reste comme « bloqué » sur son avenir. Je ne peux pas dire ce qu'il fera demain.

La juge pria Nina et Louise d'approcher à leur tour. La mère de Wilfried déploya son squelette et se tint en retrait de son fils, ses doigts pleins d'os entrecroisés au niveau des fesses.

— Madame, dit la juge, votre fils souffre d'une insécurité affective.

Louise ne s'attendait pas à recevoir la parole.

— Je... J'ai toujours été présente, bégaya-t-elle.

— Non, s'il vous plaît, ne dites pas que vous avez été présente, alors que Wilfried ne vous a pas vue pendant quinze ans.

Nina vola à son secours.

— Wilfried a longtemps souffert de ne pas connaître ses parents. C'est encore conflictuel, mais il a retrouvé sa mère, elle est ici devant vous. Son père, en revanche, c'est le grand vide.

— As-tu essayé de le contacter ? demanda la juge en se tournant vers Wilfried.

— Une fois, oui.

— Et ?

— Et rien.

Nina prit la parole.

— Mme Desson a donné récemment à Wilfried le nom d'un homme qui serait son père biologique. Pour le moment, l'homme refuse le contact.

— C'est ce qu'il se passe, Wilfried ? demanda la juge.

— En gros, ouais. J'y suis allé mais y'avait une femme. En tout cas, c'est une voix de femme qu'a répondu au digicode. J'ai dit mon nom, elle a raccroché. J'ai réessayé. Ça sonnait dans le vide. Je suis resté un peu sur le palier et je me suis tiré.

La juge se tourna vers Louise.

— Madame, il me semble que votre porte est souvent close, elle aussi. Nous avons envoyé je ne sais combien de convocations à votre domicile, elles sont toutes restées lettre morte.

Louise eut un geste d'agacement.

— Ça va, là, je suis présente maintenant. C'est le principal, nan ?

— Écoutez, la justice, c'est sérieux. Si un juge vous envoie des convocations, ce n'est pas pour le plaisir, c'est qu'on a besoin de vous rencontrer.

— À chaque fois que je suis convoquée, j'en prends plein les dents ! grogna Louise.

Personne ne sut quoi répondre.

— Y'a un père aussi, merde ! C'est vrai à la fin, j'en ai marre de tout prendre sur le dos là... Bon, je me casse !

Elle tourna les talons et attrapa le sac violet qu'elle avait laissé sur le banc.

— Là, maintenant je vais être absente ! aboya-t-elle en claquant la porte.

Wilfried soupira. Il y eut des murmures dans son dos.

— Tu veux dire quelque chose, Wilfried ? demanda la juge.

— J'en ai marre qu'on parle de mon père.

— Depuis qu'il est rentré du camp dans les Pyrénées, dit Nina, Wilfried est transformé. J'ai retrouvé un jeune calme, posé.

— Il a eu lieu quand, ce séjour dans les Pyrénées ? demanda la juge.

— Y'a deux mois, souffla Wilfried.

— Et qu'est-ce qui a changé ?

— Je sais pas. J'ai pas dit que j'avais changé.

— Mais tu as entendu ton éducatrice. Tu n'es pas d'accord avec elle ?

— Si, je suis d'accord, mais je sais pas, c'est personnel. Je vais pas vous raconter ma vie. Ça a rien à voir avec l'affaire en plus.

La juge considéra les feuilles étalées sous son nez.

— Ton histoire personnelle, Wilfried, explique en partie tes troubles du comportement. Mais rien ne justifie tes passages à l'acte.

Wilfried ne semblait pas intimidé.

— J'ai ici le rapport de la psychologue. Je ne vais pas tout lire à voix haute, mais il est noté que l'acte transgressif, en l'occurrence l'agression de Mme Martinez, pourrait être l'expression de la colère que tu nourris envers ta mère. Qu'est-ce que tu en penses ?

— J'en pense rien.

— Tu as déjà dix-sept ans. Il faut que tu t'apaises, sinon tu feras de la prison.

— Ce serait si terrible ? lança-t-il.

— Tu n'en as pas peur, de la prison ? demanda la juge.

— Non.

— Tu devrais.

Il haussa les épaules.

— Wilfried, tu sais ce qu'est un centre éducatif fermé ?

Nina leva le bras.

— Si je puis me permettre, madame la présidente, je ne pense pas qu'un CEF soit la meilleure option.

— Jusqu'à preuve du contraire, vous n'êtes pas juge, madame Mazurkiewicz.

Nina se rassit. Mme Liaze parcourut à nouveau ses dossiers. Elle était contrariée.

— Wilfried, alors, tu as entendu parler du centre éducatif fermé ?

— Ouais. C'est un genre de taule.

— Pas du tout. C'est même le contraire. Un centre éducatif fermé est une alternative à l'incarcération. Il accueille une dizaine de jeunes, comme un foyer, mais les règles sont plus strictes. Tu y seras mieux encadré. Tu auras bientôt dix-huit ans, j'aimerais t'offrir six mois de rupture. Une sorte de cure, tu comprends ? Sinon, en effet, l'étape d'après, c'est la prison.

— Ça veut dire quoi ? Je vais en CEF ?

— Oui, pour six mois. Renouvelables une fois. C'est une mesure de sursis avec mise à l'épreuve.

Wilfried eut soudainement envie de pleurer.

— Que veux-tu, Wilfried ? demanda la juge.

— Je veux partir, il souffla.

— Partir où ?

— Je sais pas. Loin. Je veux qu'on me laisse tranquille. Je veux vivre ma vie. C'est bon, j'ai compris, le foyer. Je veux plus qu'on me fasse chier avec ça, et tout. Je veux vivre ma vie.

— Pour ça, il faut un travail. Il faut de l'argent.

— La PJJ, je savais que j'allais y rester jusqu'à mes dix-huit ans de toute façon.

La juge lui expliqua qu'il serait placé dans l'Aube, à la campagne, pour « couper avec le quartier ». Elle promit de suivre chaque étape de son séjour, mais Wilfried n'écoutait plus. Il lui tourna le dos pour voir Nina, rassise au premier rang. Le soleil zébrait les bancs de la salle d'audience, dévoilant des millions de grains de poussière en lévitation dans la lumière. Il faisait un temps magnifique. Posé sur le rebord de la fenêtre, un pigeon s'ébouriffa et s'envola dans le ciel d'Évry.

En sortant, Nina trouva Louise sur les marches du palais. Elle vit les mégots à ses pieds.

— Désolée, j'aurais pas dû partir comme ça… La colère… Des fois, c'est plus fort que moi.

Elle semblait avoir vieilli d'un coup.

— C'est trop tard, elle dit.

— Pardon ?

Nina était préoccupée par le placement en centre fermé.

— Will. C'est trop tard. Il voudra plus de moi. Je le vois, je suis une étrangère.

Nina n'eut pas la force de mentir. Elle se contenta de faire non de la tête.

— C'est dommage, poursuivit Louise. Je vous aime bien, madame Mazurkiewicz. Je vous aime vraiment bien.

Louise termina sa clope et l'écrasa de la pointe du pied.

— Il vous respecte. Je l'ai vu dans ses yeux. Il sait que vous, au moins, vous l'abandonnerez pas. Faites attention, madame Mazurkiewicz. Prenez soin de vous.

Nina se laissa faire la bise. Elle s'entendit dire merci et la regarda descendre les marches du tribunal dans son jean trop serré.

La brochure du centre vantait les bienfaits de la Champagne humide, une zone marécageuse prisée des oiseaux migrateurs, de la salamandre tachetée, du triton crêté et d'environ huit cents espèces de coléoptères, sans compter le chat forestier, le putois et la loutre d'Europe. Depuis Évry, par la N19, il y en avait pour deux heures de route.

Wilfried avait fait le tour du foyer pour dire au revoir, serrant des mains comme un soldat appelé au front. Il hésita devant Viviane et lui fit la bise comme il l'aurait fait pour n'importe quelle fille. Il s'en voulut mais c'était trop tard. Il jeta son sac sur la banquette et se recroquevilla sur le siège avant.

— La radio, elle marche ? il demanda, après une demi-heure.

— Quand elle veut, répondit Nina sans quitter la route des yeux.

Le vent l'obligeait à poser les deux mains sur le volant pour ne pas se laisser déporter en doublant des camions.

Wilfried retombait toujours sur Autoroute FM.

— Y'a un problème avec l'antenne, dit Nina. Quand il trouve une station, après y'a rien à faire, il essaye pas d'en trouver une deuxième.

Wilfried fit une dernière fois le tour de la bande et replongea l'habitacle dans le silence.

— Tu peux écouter ta musique, lâcha Nina. Au centre, t'auras plus le droit. Ils interdisent les MP3.

— C'est bon, soupira-t-il. En vrai, je peux m'en passer.

Wilfried regarda par la fenêtre. Les camions portaient des plaques roumaines, il se demanda pourquoi. Puis il pensa à Viviane et vérifia s'il n'avait pas de texto. Elle lui manquait. Ça lui semblait idiot, mais il avait envie de lui dire.

— Tu dors ? osa Nina.

Wilfried se redressa pour voir la route.

— Si mon chef me l'interdit pas, normalement, je devrais participer au challenge Michelet, elle dit. C'est une compétition pour les jeunes de la PJJ. Y'a du foot, du rugby, de l'escalade, et toutes les épreuves d'athlétisme : cent mètres, huit cents mètres, saut en longueur, en hauteur… Y'a plein de disciplines.

— Et ?

— Et j'aimerais que tu participes, Wilfried. C'est en juin. Ça te plairait beaucoup.

Il soupira.

— Sérieux, tu crois que j'ai que ça à foutre ? Faire le guignol aux jeux olympiques des cas sociaux ?

Nina se rabattit sur la droite et coupa le moteur.

— J'aimerais que tu sois débordé de travail et de rendez-vous, mais malheureusement tu n'as *que ça à foutre*, en effet. T'as dix-sept ans, pas le brevet, pas d'expérience et pas de CV.

Le silence retomba comme un voile sur leurs épaules. Elle remit le contact.

— Des fois, j'ai l'impression d'être la seule qui croit en toi, elle dit en tapant de la paume sur le volant. T'en as pas marre ? Merde, ça me rend malade, moi.

Ils n'osèrent plus s'adresser la parole jusqu'à ce que Nina engage la Clio sur une langue de bitume à peine plus large que la voiture. Ils serpentèrent à travers champs pendant un quart d'heure avant d'arriver devant une ferme. Surmontée d'une rangée de fil barbelé, une clôture de deux mètres cinquante entourait l'établissement.

— Si c'est pas une taule…, murmura Wilfried.

Le directeur était un chauve dégingandé d'une cinquantaine d'années. Il souriait bêtement, comme s'il venait d'apprendre son augmentation.

— Mal réveillé ? lança-t-il à Wilfried, qui ne faisait aucun effort. Bon, je t'explique. Ici tu vas être encadré par deux chefs de service, une psychologue, deux éducateurs sportifs, quatre éducateurs techniques, un instituteur, un cuisinier, une maîtresse de maison, une secrétaire et quatre surveillants de nuit. Ce sont tous des professionnels. Si tu as le moindre souci, tu n'hésites pas à leur en parler, on est d'accord ?

Wilfried sentit qu'il devait opiner du chef.

Un mec aux tempes rasées surgit dans le dos du directeur. Posée sur des épaules massives et des bras énormes, sa tête semblait avoir été volée à un enfant.

— Moi, c'est Jérémy. Je suis ton éducateur référent, dit l'homme à la petite tête, et il lui mit un réveil dans la main. Un réveil à l'ancienne, comme on en voyait plus depuis longtemps, rond avec deux antennes.

— Il marque ton arrivée au centre. Tu auras des étapes à valider au fil des mois, annonça Jérémy. Stade 1, aucune sortie n'est autorisée. Aucune visite non plus.

— Je le finis quand le stade 1 ? demanda Wilfried.

— Ça dépend de toi. Un mois, minimum. Mais si tu déconnes, tu y resteras. Faudra gagner des clés.

— Des clés ?

— Des clés d'autonomie. Tu pourras obtenir la première au bout de deux semaines. Elle te permettra d'acheter un élément de décoration pour ta chambre. Quinze euros maximum.

— Super, ça, se moqua Wilfried. Et la deuxième ?

— Avec la deuxième, tu pourras t'abonner au magazine de ton choix. Y'a onze clés en tout.

— Mais l'argent, on doit le dépenser pour des trucs précis ? Genre, si j'ai dix balles, je peux pas m'acheter ce que je veux ?

Un rictus déforma le visage de l'éducateur.

— Faut que t'intègres ça dès maintenant, bonhomme : si t'es ici, c'est pour que tu cesses de faire ce que tu veux.

Wilfried se tourna vers Nina. Elle lui dit au revoir, prit rendez-vous pour le mois suivant et remonta en voiture. En attendant que le portail coulisse, elle jeta un regard dans le rétroviseur. Son cœur se serra.

— Viens, on va poser tes affaires, lança Jérémy.

Une chambre d'enfant. Une couette jaune et rouge sur un matelas étroit. D'un côté, une table de chevet et une étagère. De l'autre, un bureau et une lampe d'appoint. Elle était plus petite qu'à Auxerre.

— Faudra faire ta photo après le déjeuner, dit Jérémy. Pour ta fiche signalétique. Le programme, c'est le même tous les jours : lever 7 heures, petit déj 7 h 30, et on enchaîne. Tu bois du café ?

— Nan.

— Eh ben, note-le quand même, ce serait pas étonnant que tu t'y mettes, le dernier café est servi à 13 h 20. Si tu le rates, c'est fini jusqu'au lendemain.

— Je bois pas de café, dit Wilfried.

— Le dîner, c'est 19 heures. À 20 heures, on a les activités ; 22 heures en chambre ; 22 h 30, extinction des feux.

Wilfried parcourut le document des yeux. La journée était découpée en vingt-huit moments. Certains ne duraient pas plus d'un quart d'heure.

Jérémy lui tendit le règlement.

— Je te laisse le temps de l'intégrer, on se voit dans une demi-heure. T'as rien sur toi là ? Pas de shit, pas d'arme, rien d'illicite ?

Wilfried fit non de la tête.

— Je te fouille pas ?

— Je te dis que j'ai rien. Tu veux que je tousse à quatre pattes ou quoi ?

— Ouh là, gamin, tu commences très mal. Imprime bien ce que je vais te dire : t'as peut-être joué les caïds jusqu'ici mais ça le fera pas du tout avec moi. Je ne suis pas ton pote, articula Jérémy en cherchant à percer son regard.

Ça faisait longtemps que Wilfried ne vacillait plus devant un coup de pression. Il suivit son éducateur des yeux alors qu'il rapetissait dans le couloir, se laissa tomber sur le matelas, fixa le plafond un moment et lut le règlement. L'article 10 interdisait les relations sexuelles. Il pensa à Viviane. L'article 11 interdisait les téléphones portables. Le seul coup de fil autorisé était limité à quinze minutes, haut-parleur enclenché, sous réserve de l'accord du magistrat et en présence de l'éducateur référent. La casquette était interdite, les MP3 aussi. On avait droit à un rendez-vous chez le coiffeur, pour onze euros maximum.

Wilfried pensa à Mustapha et ses coupes à huit balles. Il le vit gesticuler dans son salon, se plaindre du bled et des clients jamais contents. Il souffla. Mustapha lui manquait. Tomo lui manquait. Driss lui manquait. Anna et Thierry lui manquaient. Viviane, Nina et même Raphaël, l'entraîneur bedonnant des moins de quinze ans, lui manquaient.

Passé les premières semaines de privation, la vie au CEF n'était pas si rude. Wilfried connaissait les internats. Au début, tout paraissait insupportable, et un jour vous vous leviez sans rechigner, vous aviez faim à l'heure du déjeuner, vous vous laviez les dents avant de vous coucher. Il s'était fait une raison : un matin il aurait dix-huit ans et c'en serait fini de la PJJ. En attendant, il butait toujours sur la même putain de question : « Comment vas-tu gagner ta vie ? »

Nina venait le voir tous les quinze jours. Elle lui avait raconté l'histoire d'un collègue – Teddy – qui avait recroisé un gamin par hasard.

— Pendant quatre ans il a été son référent, avec des allers-retours en CEF, des conneries comme toi, des vols, des menaces, des agressions… Puis il y a eu les violences sur éducateurs. « Passages à l'acte institutionnels », ils appellent ça. Et quand le petit a eu dix-huit ans, le suivi s'est arrêté. Mon collègue, son boulot, il le fait pas parce qu'il doit le faire mais parce qu'il a l'impression d'être utile, alors il fait des pieds et des mains pour garder le lien, et au bout d'un moment, il perd le gamin.

Wilfried avait l'impression de connaître la fin.

— Un jour, le petit revient dans sa vie. Il lui dit : « Je me suis fait tabasser, des mecs me cherchent, je dors sous un pont à Soisy. » Le collègue appelle les centres d'hébergement d'urgence, lui achète un portable, met du crédit dedans et lui file même un peu de fric. Il se fait un sang d'encre, quoi.

Wilfried hocha la tête.

— Un mois et demi après – c'était là, ça date de la semaine dernière ce que je te raconte –, il le croise chez Leclerc avec un caddie rempli de bières. Des Marque Repère qui te font des trous dans l'estomac. Il lui dit : « Attends, tu te foutrais pas un peu de ma gueule ? Je te harcèle pas, je suis plus ton éduc, mais pourquoi tu réponds pas quand je t'appelle ? » Le gosse avait la tronche ravagée par la tise, grêlée comme un variolé. « J'ai pas de portable », il répond. Le collègue a dit d'accord, il a payé son caddie et retenu ses larmes sur le parking.

— Pourquoi tu me racontes ça ? demanda Wilfried. Je bois même pas.

— Lui non plus, il buvait pas. C'était un sportif qui pensait que la roue finirait par tourner.

Wilfried gonfla le torse.

— Si je devenais SDF, tu me prendrais chez toi ?

Il ne croyait pas une seconde qu'il puisse tomber si bas.

— Probablement pas, répondit Nina.

Elle n'en savait rien. On n'est jamais sûr de ce qu'on ferait dans ce cas-là. On peut l'imaginer. Se rassurer en pensant qu'on prendrait une décision raisonnable. Et puis un gosse frappe à votre porte, trempé jusqu'aux os, perclus par le manque. Il n'y a pas de protocole, pas de manuel pour ce genre d'urgence. Certains estiment qu'il y a une vie privée après la PJJ, et qu'ils sont loin d'être assez payés pour héberger ceux qui tombent dans le fossé. D'autres ouvrent. Et se débrouillent. Nina se demandait jusqu'où elle irait. Wilfried, lui, tentait de se figurer un sportif ravagé par l'alcool. Il se vit, sale et fou, assis à même le carrelage de l'Intermarché, un berger allemand assoupi à ses pieds. Puis il se rappela la phrase d'un gamin du foyer, qui disait préférer les chiens aux êtres humains : « Pourquoi tu crois que les SDF prennent des chiens ? Même si t'es le pire des enculés que la Terre ait jamais porté, même quand tout le monde t'a lâché, le chien, il t'aime. Il se réveille, il te fait la fête. » Ce gosse avait pété les plombs parce que sa mère avait fait piquer son chien pendant qu'il était chez les grands-parents. En fond d'écran de son portable, un berger noir affichait fièrement la tache fauve sur son poitrail.

Le plus jeune du CEF s'appelait Bilal, il avait treize ans. C'était un petit de Casablanca qui semait la terreur dans Paris avec d'autres gosses camés à l'éther. Au début, Wilfried se demandait comment Bilal faisait pour mâcher le même chewing-gum en permanence. Puis il s'est aperçu que le truc brillant comme de la salive qu'il faisait passer d'une joue à l'autre était une lame de rasoir. Bilal avait servi à passer de la came sur le port de Casa. Un jour, un type l'obligea à lui filer son sac. Un cartable rouge et bleu d'écolier.

— Tu es plus costaud que moi, sidi, répondit Bilal. Je vais pas me battre.

Il le lui tendit et, au moment de lâcher l'anse, lui trancha la gorge. Bilal essuya la lame sur sa cuisse, la remit dans sa bouche et s'en alla, laissant le type se vider de son sang, les mains affolées sur ce cou qui s'était mis à gargouiller.

Bilal parlait à peine le français. Seul Nabil, l'éducateur sportif, parvenait à lui faire cracher son rasoir le temps des activités. Il le lui rendait à la fin et Bilal le remettait en bouche comme du tabac à chiquer.

Wilfried préférait Nabil à Jérémy, son référent qui répétait à tout va qu'il avait grandi à Aulnay-sous-Bois. Nabil était un footballeur. De grosses cuisses, un cul de milieu de terrain, il était passé par un centre de formation avant de rejoindre Moissy-Cramayel, en CFA. Il avait compris assez jeune qu'il ne ferait pas carrière.

— Mais pourquoi t'as choisi éduc ? demanda Wilfried.

Ils terminaient un footing. Les autres crachaient derrière. À ce rythme, seul Wilfried était capable de tenir une discussion.

— J'ai fait des études pour devenir prof d'EPS. Et puis j'ai choisi le social.

— Pourquoi ?

— Parce que c'est valorisant.

Nabil était là depuis deux ans. Les yeux noirs, les pommettes saillantes, l'autorité lui traversait le visage. Il s'était permis de conseiller Jérémy après qu'il eut fait taire un môme en lui tordant le bras :

— Je sais que tu connais le tieks, et tout, mais tu peux pas vivre dans le rapport de force. Le respect, ça se gagne au jour le jour.

Jérémy s'était vexé.

— Tu crois que t'es mieux que moi ?

— Tranquille, je te dis ça, tu fais ce que tu veux. Mais tu peux pas demander aux enfants de te respecter si t'as rien fait pour. C'est plus le Moyen Âge. Ces gosses, ils s'inclinent pas devant les anciens.

Le soir même, Jérémy bouscula Adil, quatorze ans, maigre comme un clou.

— Fais le fou maintenant. Tu verras, dit Adil en se relevant.

— Quoi je verrai ? Tu vas faire quoi ? aboya Jérémy.

Adil épousseta son jogging. Il prit son temps, et planta ses yeux dans les siens.

— Tranquille, je te dis. Là, tout de suite, je vais rien te faire. Mais au moment où tu t'y attendras le moins, t'auras un couteau planté dans la gorge.

Jérémy était revenu voir Nabil.

— T'as su pour Adil ? Il m'a menacé et tout…

Nabil avait répondu franchement.

— Adil, c'est pas un Français. Il a vécu en Italie, seul avec sa mère. Il a l'air de rien mais il connaît la rue. S'il t'a dit qu'il allait te planter, c'est qu'au minimum il va essayer.

Jérémy se mit en arrêt-maladie. Quand il revint, il se fit tabasser dans un local du gymnase. On le trouva au milieu des ballons de rugby et des tatamis, le nez éclaté, les yeux fermés. Personne ne parla. Une punition collective, et la vie reprit.

Un soir, Nabil présenta le challenge Michelet :

— C'est comme les Jeux olympiques, il y a plein de disciplines. De l'escalade, du foot, du rugby, du basket, et presque toutes les épreuves d'athlétisme. Nous allons choisir les candidats. Le but, c'est d'en emmener une trentaine à la finale nationale qui aura lieu à Rennes le mois prochain. Vous représenterez votre région, le Grand Centre. Il faudra battre les délégations d'Île-de-France, de l'Ouest, du Sud, du Nord, d'outre-mer… il y en a dix au total.

Les sélections eurent lieu à Auxerre. Wilfried n'y avait pas remis les pieds. Nabil savait. Nina aussi. Ils ne firent aucune allusion en dépassant le stade Abbé-Deschamps et organisèrent des quatre contre quatre. Wilfried se promena au milieu, distribuant des ballons à des attaquants qui s'épuisaient à courir dans tous les sens. Nabil prit quelques notes dans un calepin et envoya tout le monde sur la piste d'athlétisme.

— Vous connaissez Usain Bolt ? demanda Nina.

Les têtes s'inclinèrent.

— C'est pareil. Cent mètres. Vous partez de là, et vous courez le plus vite possible jusqu'au bout.

Il était 14 heures. Pas un bruit, pas une voiture, la ville entière semblait faire la sieste.

— Vas-y, j'ai la flemme. Il fait trop chaud là ! grommela un jeune en tongs, ses baskets au bout des doigts. Je veux pas être sélectionné, autant pas me faire courir.

Nina et Fabien, l'éducateur sportif, allèrent le trouver.

Il menaça de les frapper – « Lâchez-moi ou je vais vous insulter ! » – et enfila ses pompes.

— Donnez le meilleur de vous-mêmes, rappela Nina. Si vous êtes à fond sur le foot et au ralenti sur l'athlé, on vous prendra pas.

Elle se posta sur la ligne de départ. Fabien, en bout de piste, leva le bras et deux jeunes jaillirent des blocks. Les meilleurs poussaient sur quarante mètres avant de se relever et de couper comme à la télé, en jetant leur cou sur la ligne. Le plus rapide s'appelait Alpha, un Guinéen qui disait avoir seize ans. À côté, un grand dadais sautait en longueur, enchaînant les allers-retours dans le bac à sable.

— Oh, Brian ! gueula Fabien. C'est bien, t'as la vitesse et l'impulsion, mais regarde ton pied d'appel, tu mords à chaque fois ! En compète, les juges s'embêteront même pas à mesurer tes sauts.

Brian rajusta le bob qui ne quittait jamais son crâne. Il fronça les sourcils :

— Quoi, la juge ? Qu'est-ce qu'elle a, la juge ?

Les adultes explosèrent de rire. Brian haussa les épaules – « Ils sont chelous, ma parole » – et reprit sa place dans la queue. Brian avait passé un an à Fleury pour une affaire de grand banditisme. Il n'en parlait jamais. Les vrais délinquants, ceux qui avaient connu la gamelle, vous les entendiez pas.

Les épreuves se poursuivirent avec le saut en hauteur et le lancer de javelot. Par sécurité, le javelot était remplacé par un Vortex, une torpille en mousse qui sifflait dans l'air. Wilfried était deuxième avec soixante-cinq mètres, derrière Ibrahim, un trapu avec deux boules de muscles à la place des épaules. Le téléphone sonna dans la poche de Nina. Elle appela Wilfried, qui riait derrière le butoir. Le vent masquait les voix. Elle vint le trouver et, de la manche, l'entraîna à l'écart.

— Viviane vient de m'appeler.

Wilfried n'avait plus de nouvelles depuis des semaines.

— Sa mère est morte, dit Nina.

— Comment ça ?

— Une chute. Dans ses escaliers. L'aide-soignante l'a trouvée ce matin.

— Putain..., souffla Wilfried.

Il imaginait le corps d'une femme, désarticulé comme un pantin jeté du premier étage, sans parvenir à lui donner de visage.

— Je l'ai jamais vue, sa mère.

— L'enterrement a lieu mardi. Viviane aimerait que tu viennes. J'en parlerai à ta juge mais ça devrait pas poser de problème.

Wilfried pensa à Viviane. Elle donnait l'air de n'avoir jamais eu de parents.

— Elle pleurait ?

Nina eut peur de mal comprendre.

— Viviane, au téléphone, elle pleurait ?

— Non. Elle ne pleurait pas.

Wilfried pensait que les morts finissaient dans un cimetière. Un employé au teint laiteux creusait un trou dans l'herbe grasse, un prêtre traînait son air grave au-dessus du cercueil, racontait des salades pendant une demi-heure, chacun jetait une poignée de terre mouillée et le repos pouvait commencer. Il ignorait qu'on brûlait les pauvres.

Nina lui prêta un costume. Il faisait la même taille que son ex, il avait suffi de reprendre la ceinture. Pour la cravate, Wilfried suivit un tuto sur YouTube. Nina le récupéra au centre et roula deux cents kilomètres jusqu'au crématorium de Courcouronnes, un endroit perdu au bord de la Francilienne, près du virage où Wilfried avait failli perdre la vie avec les moins de neuf ans. Arrivé trop vite dans la courbe, le bus du club avait fini sur le flanc. Un gamin avait dû se faire retirer des bouts de verre du cuir chevelu.

Depuis, à chaque fois qu'il posait le front contre une vitre, Wilfried voyait une infirmière avec une pince à épiler.

Viviane portait une robe noire sur une paire de Nike. Une copine d'enfance était venue avec sa mère, toutes deux habillées comme si elles étaient attendues ailleurs. Il y avait aussi Dounia. Et Nina. La maman de Viviane s'appelait Rosa. Elle avait trente-neuf ans. Wilfried se demanda si ses amis avaient du retard, puis il se fit une raison. Personne d'autre ne viendrait dire au revoir.

Avant Rosa, il y avait d'autres morts à brûler. Un homme solide guida Viviane jusqu'à la salle biscornue où l'attendait le cercueil. C'était une boîte en bois, conforme à l'idée qu'on se fait d'un cercueil. Sa maman était étendue là, les paupières closes. Les employés des pompes funèbres lui avaient passé une robe à fleurs, on aurait pu croire qu'elle avait été fauchée en ramassant des coquelicots. Wilfried remarqua le fond de teint. Une narine plus étroite que l'autre donnait l'impression que son nez avait été refait. Viviane lui toucha le bras. Elle ne pleura pas. Elle ne se pencha pas non plus pour l'embrasser une dernière fois. Wilfried resta immobile, à se demander si la mort avait une odeur. La cérémonie allait débuter.

Un jeune garçon avec un strabisme extraordinaire poussa le cercueil sous l'estrade. Habillé comme son patron, avec un pantalon qui tombait en accordéon, il ne devait pas avoir vingt ans. L'homme solide invita les proches à se lever et déroula sa routine d'une voix insupportable. Il n'avait jamais rencontré la mère de Viviane mais ça ne l'empêchait pas de jouer au salaud qui a perdu la prunelle de ses yeux :

— Nous sommes réunis pour nous rappeler une mère, une proche, une amie. Rosa n'est plus mais son esprit demeure.

Il y eut un moment de gêne dans le silence qui suivit, et Viviane sortit de son sac un texte rédigé à la main. Depuis l'estrade, l'assemblée paraissait ridicule. Cinq chaises occupées sur la centaine sortie par les types des pompes funèbres. Viviane tapota le micro du bout des doigts.

— Maman, souffla-t-elle.

Ce fut tout. L'émotion lui brisa la voix.

— Will, s'il te plaît…

L'écriture de Viviane dépliait ses formes généreuses sur des lignes au crayon à papier. Wilfried n'avait pas lu à voix haute depuis les cours de français. Il eut peur de bégayer.

— « Maman, on appelle ça une oraison funèbre. Le but est de raconter combien tu as été une femme formidable. Combien tu vas me manquer. Je vais me contenter de la vérité. Je ne te connais pas. Ce que je sais, c'est que tu ne voulais pas d'enfant, et surtout pas d'une fille. Je sais que ton père était un enfoiré. Je sais que ta mère t'a laissé tomber. Je sais que je suis arrivée sans prévenir et je te prie de m'en excuser, je n'avais pas le mode d'emploi. Plus tard, on m'a expliqué que tu répétais ce que tu avais connu, et qu'on ne peut pas éduquer quand on n'a pas reçu d'éducation. On appelle ça la reproduction. Pour faire simple, maman, ça veut dire que les pauvres restent pauvres, et que les femmes violées font des filles qui font le trottoir. Je ne t'en veux pas. Je sais que tu as essayé. Si j'ai des enfants, un jour, je te promets de faire mieux. »

Wilfried replia la feuille par le milieu. Quand il releva la tête, il vit que Dounia pleurait. Viviane froissa son texte et le laissa tomber au sol, utilisant sa main libre pour serrer celle de Wilfried. Il y eut un moment d'hésitation, le temps que le gamin à l'œil étrange trouve le bouton sur la chaîne hi-fi, et la voix rauque d'Amy Winehouse monta sous les poutres du crématorium. Pour sa mère, Viviane avait choisi *Tears Dry on Their Own*. Une chanson d'amour raté. Une chanson de regrets et d'actes manqués.

Wilfried partait à Rennes avec Zack, Adil et Alessio. Brian avait déclaré forfait à cause d'une formation de mécanicien dans un garage. Sa juge ne lui avait pas laissé le choix : « On ne crache pas sur une seconde chance pour un concours de saut en longueur. » Assis devant le centre, sur son sac de sport, Nabil lisait *L'Équipe*. Ces dernières semaines, il s'était lancé dans de longues causeries avant l'extinction des feux, il voulait que les gars se parlent, que le groupe prenne corps. Des pompes, de la corde à sauter, du gainage étaient venus s'ajouter aux footings autour du lac. Nabil voulait remporter ce tournoi, il ne s'en cachait pas.

Le bus n'était pas un de ces vieux utilitaires de la PJJ, mais un vrai car de soixante places, rouge, avec la clim et la télé. Parti de Besançon, il avait ramassé les délinquants de Bourgogne-Franche-Comté, avant de rouler cinq heures pour atteindre un corps de ferme dans la campagne rennaise. À part Alessio, tombé pour des cambriolages dans le Bordelais, personne n'avait mis les pieds dans une baraque aussi grande.

Une société privée livrait les repas dans des barquettes à réchauffer. Premier soir : tartiflette. En plein ramadan, les gosses n'avaient rien avalé depuis la veille. Ils se jetèrent sur le pain et les entrées.

— Frère, ça a l'air d'un manoir mais c'est le hebs, dit Adil en touchant le plat du bout de sa fourchette.

Il poussa Wilfried du coude.

— Frère, téma ce fromage. Il était là avant 14-18. Je crois c'est un ouvrier qu'a construit le château, il l'a oublié sur le chantier.

Wilfried pouffa de rire.

Nabil demanda à Adil de la boucler. Il se tut un instant, mais c'était plus fort que lui.

— Nina, c'est halal, ça ? lança-t-il en désignant la béchamel.

L'éducatrice débarrassait les assiettes.

— Je pense pas. C'est fait avec des lardons. T'as qu'à manger les pommes de terre.

— Mais ça a touché...

— Eh bien, reprends du taboulé, qu'est-ce que tu veux que je fasse ?

Adil se retourna vers Wilfried.

— Frère, c'est la gamelle. C'est la cellule, j'ai juré. Ah, ils nous l'ont bien mise, comme disent les Français ! Ils nous l'ont bien mise !

Nabil s'agaçait :

— Putain, Adil, mange et tais-toi, s'il te plaît !

Mais le gamin avait du public.

— Ils avaient dit : « Vous inquiétez pas, on va vous mettre bien au challenge Michelet, faut prendre ça comme une récompense, nanani nanana. » Je m'en tape, je vais me nourrir exclusivement de Danette au praliné. Praliné, c'est halal, hein ? Nabil ?

L'éducateur leva les yeux au ciel.

Faker et Hamid, les directeurs de la délégation Grand Centre, prirent la parole :

— Demain vous allez vivre la cérémonie d'ouverture. Toutes les équipes auront revêtu leur uniforme. Elles vont chanter leur région. Vous verrez, c'est un beau moment à vivre. Assez impressionnant.

Faker désigna une pile de sacs à dos.

— Voici vos tenues. Je veux que tout le monde les porte en permanence. Pas de Lacoste ou je ne sais quoi. Tous pareils.

— C'est mort si c'est du Quechua, murmura Adil.

— C'est du Nike, la tenue d'entraînement du Barça. Chaque sac contient votre ensemble, short, jogging, t-shirt, pull et veste. Valeur : deux cent soixante-cinq euros par personne. On se fout pas de vos gueules.

Faker fit l'appel et Hamid remit son paquetage à chacun, comme en équipe de France.

— Il est 23 heures passées. Demain, réveil 7 heures. Je veux tout le monde en tenue, le petit déj dans le ventre, à 7 h 45. Vous pourrez faire une sieste dans le bus, on a une heure de route.

— Mais demain c'est rugby, qu'est-ce qu'on fait si on n'a pas rugby ? demanda Johan, un métis aux cheveux décolorés qui ressemblait à Wilfried, en plus petit.

— On est une équipe, dit Hamid. On est ensemble, on reste ensemble. Si vous ne jouez pas, vous encouragez. Je veux un comportement exemplaire.

Il y eut une seconde de silence, Faker lança « Allez, tout le monde au lit », et les chaises crièrent sur le carrelage.

Nina attendit que le dernier gamin ait disparu pour dévoiler deux plaquettes de chocolat.

— On est d'accord, la bouffe était dégueulasse ? demanda un éducateur du foyer de Châlons. C'est quoi cette idée de leur servir de la tartiflette, ils sont presque tous musulmans !

— Le repas de demain, on l'a ? demanda Nina.

Faker chercha parmi les feuilles étalées devant lui.

— Sauté de porc. Putain, ils le font exprès…

— Bon, on achètera des blancs de dinde, ça coûte que dalle, dit Hamid. C'est pas élaboré mais ils partent pour une semaine de sport, faut qu'ils aient quelque chose dans le ventre.

Nabil cassa un carreau de chocolat, qu'il fit passer avec une gorgée de thé :

— Juste, avant que vous alliez vous coucher, j'aimerais rappeler un point concernant le football. Je sais qu'on peut s'enflammer sur un match, contester les décisions arbitrales, et tout, mais il y aura des observateurs en bord de touche. Restons des adultes, s'il vous plaît. Pas de commentaires litigieux, ce n'est que du football.

Le lendemain, Wilfried prit place à côté de Zack dans le bus. Les cheveux relevés en chignon, la barbe qui poussait n'importe comment, Zack faisait de gros efforts pour paraître méchant mais il suffisait d'une blague, d'un sourire, pour que l'enfance lui monte aux joues. À l'aller, il avait tenté de démarrer le bus pendant que la conductrice buvait son café à la station.

— Tu fais le fou pour quoi, en vrai ? avait lancé Nabil en le ramenant auprès du groupe.

— Dans la vie, si tu fais pas le fou, on t'encule, lui avait répondu Zack.

À sa manière, il avait raison.

Le bus traversa la brume en suspension. Wilfried admira la campagne, les champs de blé dans le brouillard, et pensa aux rois de France. À la fierté qui avait dû les étreindre en voyant ces terres, ces villages, ces églises, qui, malgré la distance, leur appartenaient. Puis il refit ce truc, il imagina ce qu'il serait devenu s'il avait grandi dans une ferme. Il se vit en salopette, avec des bottes et de la corne au creux des mains. Son reflet dans l'inox d'un camion-citerne le sortit de sa rêverie. Au dernier rang, Adil saignait du nez.

— Merde. Qui aurait la gentillesse de me passer un mouchoir ? Oh, monsieur le ministre, vous auriez pas un mouchoir ?

Un rang devant lui, un grand type aux cheveux blancs était assis, le dos bien droit, impeccable dans un costume gris. Personne ne savait ce qu'il foutait là.

— Allez ! Chantez, les gars ! Vous dormez ou quoi ? lança Mohamed en tapant sur son djembé.

— Arrête ton zbeul ! dit Adil, l'index pressé sur sa narine. T'as pas vu le ministre ? Imagine il fait une attaque ! Imagine il clamse ! Un ministre mort dans notre bus, on aura l'air de quoi ? Tous au hebs ! Les éducateurs, les jeunes, au carpla !

L'homme semblait ne pas entendre.

— Il est déjà sourd en plus. Miskine, il doit avoir quatre-vingt-dix-sept ans, il entend plus rien.

Adil lui tapa sur l'épaule.

— Oh, monsieur, excusez-moi, mais vous êtes qui ?

L'homme se retourna sur son siège.

— Je suis le directeur du département. Cette année, c'est moi qui organise le challenge.

— Ah mince, vous êtes pas ministre... Mais votre boulot, il a quand même un peu à voir avec la République ?

— Euh... en quelque sorte...

— Ah, super. Parce que, voyez, mon problème, c'est un petit truc de rien du tout, mais j'ai pas de papiers. Et je vous le cache pas, avec la police qu'on a, ça devient chaud en vrai.

L'homme bégaya. Le bus ralentit.

— Bon, descendez, dit Adil. On est arrivés. Vous inquiétez pas, je vous en reparlerai.

Des chants, des danses, des discours trop écrits, avant de clore la cérémonie, on invita la marraine de l'édition 2018 à monter sur scène. C'était une jolie brune en tailleur noir. Dans son dos, l'écran géant affichait « Mélissa Plaza, footballeuse professionnelle ».

— Je vais vous raconter mon histoire, annonça-t-elle par-dessus le brouhaha. Elle ressemble à ces cornets de glace qui gardent le meilleur pour la fin, ceux dont le fond est en chocolat. Ma vie a commencé par de la drogue, du sexe et de la violence.

Trois cents jeunes chauffés à blanc hurlèrent depuis la tribune.

— Vous devriez être attentifs, dit-elle en levant les yeux de son texte. Malgré ce tailleur, nous nous ressemblons plus que vous ne le pensez.

Elle laissa le silence retomber.

— Je sais ce que c'est, de grandir dans un climat toxique. De ne pas être chez soi à la maison. J'ai connu, moi aussi, les familles d'accueil.

Ces mots calmes suffirent à capter la salle.

— Mon foyer était le football. Je ne sais pas d'où ça vient, je n'ai pas eu de père, pas d'exemple pour me montrer le ballon. J'ai dû me battre dans la cour pour ne pas être choisie la dernière. Puis on m'a désignée capitaine. J'ai disputé une finale de Coupe du monde des moins de vingt ans avant de signer professionnelle.

Des applaudissements l'encouragèrent.

— J'étais une écorchée vive. Une impulsive qui ne savait communiquer qu'avec les poings. Le sport a mis sur ma route des gens qui ont vu sous la carapace que je m'étais forgée. Des coachs m'ont aidée à m'en sortir. Je ne viens pas vous faire la morale mais, s'il vous plaît, n'oubliez jamais que les dés jetés à la naissance ne sont pas une fatalité. Il y aura des mains tendues. Soyez assez modestes pour les saisir.

Cette dernière phrase resta en suspension comme une note tenue à la pédale, qui meurt au loin. Une fille cria au cinquième rang :

— Sur ma vie, ce qu'elle a dit, c'est vrai !

Wilfried se leva avec la foule.

Le tournoi de rugby ouvrait la compétition. Pas de plaquages, au bout de trois touchers, l'arbitre vous donnait le ballon et c'était votre tour de courir vers l'en-but. En voulant défendre, Alassane et Hiba se percutèrent, tête contre tête. Du sang jaillit de la bouche de Hiba. Elle hurla à la mort en reprenant ses esprits, découvrant la flaque rouge qui irriguait le gazon. Il lui manquait deux incisives. On les chercha dans les brins d'herbe, tandis qu'Alassane se réveillait avec un trou dans la joue. La chair à vif faisait une tache rose sur sa peau noire.

— Ça me lance, dit Alassane. Je sens mon cœur dans la blessure.

— C'est pas hyper-propre, jaugea une secouriste. J'aimerais t'envoyer à l'hôpital, qu'ils regardent ça de plus près.

— Comment ça, pas hyper-propre ? demanda le jeune.

— La coupure n'est pas nette, ça fait comme une morsure.

— Je vais garder une cicatrice ?

À l'hôpital, vers 2 heures du matin, un interne insista pour lui faire passer un scanner. Les dents de Hiba étaient là, solidement plantées dans sa joue.

Sur le terrain, ça avait jeté un froid. Wilfried patientait en jonglant avec un ballon de rugby.

— Faut pas le prendre sur la pointe, lança-t-il à Dennis qui l'observait, sinon il part dans tous les sens.

Il laissa le ballon se dandiner dans l'herbe et s'assit auprès de Nina. L'air était brûlant.

— Reposez-vous, les gars ! lança-t-elle à la cantonade. On a déjà perdu deux joueurs, on doit compter sur tout le monde à présent.

Dennis et Hiresh s'en foutaient. Il se chronométraient dans un concours d'équilibre, à qui tiendrait le plus longtemps sur les mains.

— Dans ton club, vous faites un peu de physique ? demanda Wilfried.

— Deux heures, les mercredis, répondit Nina.

— Et vous faites quoi ? De la muscu, genre ?

— Ouais, enfin surtout du gainage.

— Tu tiens combien de temps ?

Nina se mit en position, face contre terre, les fesses relevées pour serrer les abdos.

— Comme ça, une minute trente. Parfois deux minutes mais à l'arrache, je tremble et tout.

À côté, Dennis et Hiresh continuaient de chuter dans l'herbe.

— Allez jouer plus loin, vous allez vous blesser, leur lança Nina. Et gardez un peu d'énergie parce que j'ai regardé le classement, vous êtes bons derniers.

Elle le répéta encore. Puis la foudre s'abattit sur son crâne dans un bruit d'os.

— Putain, je vous l'ai dit cinq fois, gémit-elle en portant une main à sa tête.

Le sang dans ses cheveux brillait au soleil.

— Appelez l'ambulance, bordel ! s'affola Wilfried. Elle tombe dans les pommes !

Le secouriste était un réserviste de soixante-quinze ans, un poivrot au nez couperosé, incapable de piquer une veine.

— Vous pouvez vous lever ? demanda-t-il à Nina, qui peinait à respirer.

— Vous voyez bien qu'elle peut pas, putain ! Elle a trois trous dans la tête ! gueula Wilfried en rameutant d'autres gosses pour porter le brancard jusqu'à l'ambulance.

Le poivrot appela les hôpitaux pour savoir à quel service d'urgences elle devait être confiée.

— Votre nom ? demanda-t-il.

— Mazurkiewicz. Nina. Y'a tout l'alphabet dans mon nom, gémit-elle. Mes parents, ils s'étonnent que je sache pas lire mais ils m'ont mise dans le dur direct, j'ai lâché l'affaire.

Le poivrot ouvrit tous les tiroirs de l'ambulance, à la recherche de ses gants en latex.

— Par contre, dit Nina, je suis de mariage le week-end prochain, donc mettez-moi autant d'agrafes que vous voulez mais ne me rasez pas la tête, je vous en supplie.

Il se gondola en répétant que c'était du jamais-vu, trois membres d'une délégation qui s'envoyaient eux-mêmes à l'hosto. Nina faisait de son mieux pour sourire. Elle espérait ne pas s'évanouir.

Une sirène retentit au loin.

— Le Samu ! s'exclama Wilfried. Enfin des types avec moins de trois grammes dans le sang.

Les blouses blanches prirent le relais.

— Vous évaluez la douleur à combien, sur une échelle de un à dix ? demanda le médecin.

— Six, mais en vrai c'est plus, répondit Nina.

— Si c'est plus, dites plus, souffla-t-il en retirant les compresses.

Nina se mordit la lèvre.

— Hum, ça a coagulé mais les plaies sont bien ouvertes. Y'a trois trous.

— Bah oui, y'a trois trous, j'arrête pas de le dire. C'est des crampons ! lâcha Wilfried.

— Ce sont des crampons qui ont fait ça ? demanda le médecin.

— Oui, un joueur de rugby lui est tombé dessus. À pieds joints…

— Docteur, dit Nina sans le voir. Est-ce que vous allez me raser la tête ? Je suis de mariage samedi.

— Achetez-vous un chapeau. Il y a de très belles chapelleries dans le coin.

Wilfried essaya d'imaginer son éducatrice en robe, avec un chapeau à larges bords comme ces bourgeoises qui misent sur des canassons à Chantilly.

— Faut faire une radio, poursuivit le médecin. Et s'il y a un risque de trauma crânien, on vous gardera en observation.

Il se tourna vers le type au volant – « Allez, on décolle » – puis vers Wilfried :

— Vous venez avec nous, on l'emmène pas seule.

Nina hésita à dire « Non, c'est un enfant, il ne peut pas ».

— Prends mon sac, Wilfried. Mon portable est dans la poche de devant. Le code, c'est 1981.

— Ta date de naissance ?

— Un vrai petit génie. Tu peux écrire à Faker ?

Depuis son siège dans l'ambulance, Wilfried avait une vue imprenable sur le crâne de son éducatrice, puis son corps qui s'étendait vers la porte du fond. Le sang sur ses avant-bras avait séché. Elle en avait sur le short et les baskets. Elle n'arrêtait pas de parler.

— Voyez, c'est une semaine cruciale le Michelet parce qu'on bosse en même temps sur l'hygiène, l'alimentation, l'entraide… Et les gamins, ils se rendent compte qu'on est faillibles, qu'on a pas toujours la réponse…

— Chut, coupa le médecin. Vous faites grimper votre tension.

À l'hôpital, ils l'installèrent dans un fauteuil roulant et la poussèrent dans un couloir, derrière des portes battantes.

Wilfried prit place en salle d'attente. À 20 heures, il trafiqua la télé pour se brancher sur TF1. L'équipe de France affrontait l'Italie en amical de préparation à la Coupe du monde. Un petit de onze ans avec des fractures aux doigts – une portière de voiture – s'installa à ses côtés. Il connaissait des anecdotes sur chaque titulaire.

— Ils vont la gagner, la Coupe du monde ! Tu verras, disait-il. C'est Deschamps l'entraîneur. Il a tout gagné, Deschamps. Ils perdront pas avec Deschamps sur le banc.

La France l'emporta trois buts à un. Le commentateur rendait l'antenne quand Hamid et Faker se présentèrent à l'accueil.

— Comment elle va ? demanda Faker.

— Je sais pas, dit Wilfried. Elle a plus de batterie. Mais il y a une demi-heure elle était dans le couloir, à attendre l'avis du médecin pour sa radio des cervicales. Ils vont peut-être la garder en observation.

— Tu dois être affamé, dit Hamid, et il lui tendit un sac avec des amandes, des abricots et des raisins secs.

Nina sortit à ce moment-là. Debout. Tous ses cheveux sur le crâne.

— Eh, pas besoin de chapeau ! lança Wilfried.

Elle essaya de sourire, gênée par une minerve.

— Combien de points ? demanda Faker.

— Beaucoup. Y'a trois plaies, la plus longue fait dix centimètres.

Elle souffla.

— Fait chier. Comment je vais expliquer ça aux collègues...

Rentrés des urgences pédiatriques au milieu de la nuit, Alassane et Hiba étaient au petit déjeuner à 6 h 45.

— Pourquoi tu t'es levée, Hiba ? T'aurais pu dormir, dit Hamid.

— J'ai basket, répondit-elle.

Elle portait un masque de chirurgie. On lui avait reconstruit les incisives mais il fallait attendre deux jours avant de se risquer sur des aliments solides. Hiba était une dure à cuire. Kidnappée par son père à la naissance, elle avait grandi seule en Tunisie dans une baraque pas finie, sans eau ni électricité, à se doucher chez une tante et à bosser sur les marchés pour avoir de quoi manger. Puis on l'envoya en France, chez sa mère, qui la battait. À onze ans, elle avala une bouteille d'eau de Javel. La souffrance lui lacérait encore les avant-bras.

— Toi pareil, Alassane. T'aurais pu dormir ce matin, on serait venus te chercher.

Assis entre Zack et Wilfried, Alassane trempait un pain au lait dans le café. Un large pansement blanc lui mangeait la joue.

— J'ai rien, wesh. Et c'est foot ce matin, je vais pas me galérer tout seul ici.

Dans le vestiaire, ça sentait l'ours. Nabil distribua les maillots en terminant par Wilfried, numéro 10 et brassard de capitaine.

— Si l'arbitre siffle un coup franc, pas de bagarre, vous laissez Will, OK ? C'est votre chef d'orchestre, vous ne le quittez pas des yeux.

Wilfried attendit le silence.

— Les gars, je veux des morts de faim sur le terrain. On est ensemble. On lâche pas le copain. Et surtout, frappez. Y'a pas de vrais gardiens sur ce tournoi, alors à vingt mètres, on frappe. Ça va aller vite, dix minutes par mi-temps.

Mohamed lança le cri de guerre. Les crampons claquèrent sur le carrelage. Nabil gueula :

— Faites-vous plaisir ! Mais on n'est pas là pour perdre !

La Belgique était le seul pays étranger à faire concourir ses délinquants. Un trompettiste jouait les hymnes nationaux. Les vingt-deux joueurs posèrent une main sur le cœur. Nina se pencha vers Nabil :

— Si les journalistes voyaient ça, toutes ces cailleras qui chantent la *Marseillaise* à s'en casser la voix.

L'équipe l'emporta grâce à Wilfried, sur penalty. Elle remporta les deux matchs suivants et décrocha le nul contre les Lyonnais, tenants du titre. Ali, Samba, Alpha, Mohamed, Alessio, Rahim, Zack, Adil, Cédric, Dennis, Johan... Ce n'étaient pas des footballeurs et n'avaient pas l'air d'avoir voulu le devenir, mais ils étaient là, et ils jouaient ensemble. Alassane dansait torse nu dans le rond central, une main sur sa pommette rayée par les Steri-Strip.

— Frère, ça me lance encore, c'est chaud.

— T'as rien du tout, répliqua Zack.

— T'es ouf, toi ! Je peux pas te montrer mais j'ai un trou là-dessous ! L'autre, là, Hiba, elle m'a percuté. Wallah, j'ai vu noir direct.

— Frère, dans ta tête, c'était l'Afrique !

— T'as vu ses dents ? Un steak, le bordel, grand comme ça !

— Allez... Hiba, c'est un tigre à dents de sabre !

— Oh, Zack, je vais te cabosser !

— Tu cabosses qui, toi ? Avec ton français de Guinéen, là, tu sors des verbes, tu les maîtrises même pas !

Ils firent semblant de se courser et retrouvèrent les vestiaires.

Les mecs s'éveillaient un à un, faisant grincer les lits superposés. Wilfried discourait en cherchant leurs regards.

— Je veux voir personne esquiver le petit déj, OK ? Vous buvez tous un litre d'eau avant midi. On va cavaler aujourd'hui.

Wilfried sentit ses mollets se raidir en montant dans le bus. La veille, il avait gagné le huit cents mètres. En suivant les conseils que Thierry lui avait soufflés il y a bien longtemps, pour sa première course à Ris-Orangis. Une boucle de trois kilomètres autour de la mairie.

— Tu pars vite, tu trouves ton rythme et tu finis à fond.

C'était simple : poser son souffle sur une grosse foulée, et terminer en trombe.

Le cross des délinquants faisait quatre kilomètres. Nabil exempta ses titulaires :

— Pas question de vous crever avant la demie.

— Oh, Nabil, je suis titulaire ? demanda Adil.

Il connaissait la réponse.

— Tu cours.

Des mecs en larmes et des corps vidés, qui crachaient une salive comme du plâtre : l'arrivée ressemblait à un champ de bataille. Adil s'effondra dans l'herbe. Il hoquetait, de la sueur dans les yeux, à la recherche d'un nouveau souffle :

— Les frères, je voulais finir premier mais les rouges, ils sont chauds, wallah. Je suis désolé. Sur la vie de oim, j'arrête de fumer.

Rahim et Alessio le relevèrent. Ce n'était rien, il avait tout donné.

Après le déjeuner, Nabil alla trouver chacun de ses joueurs pour lui répéter des consignes qu'il connaissait par cœur.

— Alassane, pressing devant, on y va… Alpha, pense au hors-jeu, t'as tendance à te faire piéger… Johan, tu m'échauffes cet adducteur avant de frapper…

Les jeunes acquiesçaient et retournaient dans leurs bulles. Wilfried alla trouver Dennis.

— Tu vas avoir du temps de jeu cet aprèm.

Dennis avait quatorze ans. Les deux millimètres qui séparaient ses incisives lui donnaient l'air d'avoir tout juste quitté l'école primaire.

— Tu crois que Nabil va me faire jouer ? Ils sont chauds en face…

— Tu vas débuter. Tu donnes tout pendant dix minutes et quand t'es mort, tu sors. Ça te va ?

Le gamin sourit. D'un coup, il se sentit investi d'une mission.

— T'es à Châlons alors ? demanda Wilfried.

— Ouais, en foyer.

— Tu fais quoi là-bas ?

— J'étais en troisième, et là je commence un apprentissage en restauration. Au début, c'est un peu tout, t'apprends le métier. Mais quand j'aurai seize ans, je ferai du service en salle. Et là je gagnerai de l'argent, tu vois, j'économiserai pour mon projet.

— Quel projet ?

Il hésita.

— T'inquiète, Dennis, je vais pas me moquer. C'est cool, moi j'en ai pas de projets...

— Bah... j'aimerais économiser pendant deux ans, comme ça, quand j'aurai dix-huit ans, je pourrai partir à New York, et vivre là-bas.

— T'as déjà été à New York ?

— Non, enfin juste dans les films, quoi. Ça a l'air vraiment bien. La ville, elle est magnifique, et c'est... je sais pas, c'est super beau... J'aimerais bien ouvrir mon restaurant. Un restaurant de cuisine française, parce que je sais qu'ils aiment bien la cuisine française là-bas, les Américains.

— C'est classe, dit Wilfried.

Il le pensait.

— T'as toujours rêvé de ça, d'être cuisinier, genre ?

— Quand j'étais petit, je voulais être footballeur. Mais j'ai abandonné parce que je sais que j'ai pas le niveau. J'aurais dû commencer plus tôt. À cinq ans, genre. T'as commencé quand, toi ?

— Le foot ? Je sais pas. Ma première licence elle date de 2004, mais j'ai toujours joué, je crois.

— 2004 ! J'avais un an…

Wilfried pensa à ses débuts, quand il dribblait les adversaires comme des plots et marquait dix buts par match. Puis il pensa à New York, la forêt de gratte-ciel.

— Ça va pas te manquer, la France ? demanda-t-il, comme s'il conduisait Dennis à l'aéroport.

— Si, je pense. Mais je reviendrai des fois quand même, pour ma famille.

Les nuages s'amoncelaient au-dessus du stade. Ça sentait l'orage. De lourdes gouttes s'écrasèrent sur le sol, et l'on sentit cette odeur de béton mouillé, si particulière. À Ris, quand la pluie venait, levant cette chaleur humide, il fallait préférer la passe au dribble pour ne pas glisser. Wilfried apprit à jouer ainsi, en une touche de balle.

Il réunit ses joueurs dans le rond central.

— Baissez-vous. Sur les cuisses.

L'équipe perdit trente centimètres. Il posa un genou à terre.

— En face, ce sont des footballeurs. Ils ont joué à un bon niveau, certains en DH, d'autres ont connu les centres de formation. Ils paniquent pas, ils font tourner et ils tueront le match à la première occasion. Notre seule chance, c'est de leur rentrer dedans. Si on les bouffe physiquement, ils vont se mettre à flipper. Surtout, ne pas se décourager. On n'aura pas souvent le ballon mais, le moment venu, on aura des occasions.

Mohamed lança le cri de guerre.

Wilfried voulait être partout. Il avait oublié que le football se jouait à onze.

— Rentre-lui dedans, putain ! Il passe à chaque fois, gueula-t-il sur Johan.

La peur de perdre le clouait dans le gazon. Sur un crochet, il glissa en touche, laissant le type centrer devant le but. Le ballon traversa la défense comme une grenade dégoupillée, et l'attaquant au second poteau eut tout le temps de se coucher sur sa frappe pour la maintenir au sol. 1-0.

Wilfried alla trouver Ali. S'il ne serrait pas la vis en défense, ils allaient en prendre un autre. Deux ans plus tôt, Ali avait quitté son village au nord de Conakry et marché jusqu'en Libye. Dans le désert, un ami était tombé devant lui. Il n'avait pas tenté de le porter. Il ne s'était pas retourné. C'était fini.

— Sur ma vie, Ali, il est en train de charcler des mères ! s'exclama Adil.

Nabil hésita à le sortir.

— Il se bat lui, au moins ! Si tout le monde fait pareil, on y arrivera ! gueulait Wilfried. C'est pas perdu, putain !

Mais d'autres avaient abandonné. En entendant Zack souffler « Vas-y, c'est mort », Wilfried lui dit de filer sous la douche. Un mec qui n'y croit pas à 0-1 n'a rien à faire sur un terrain.

L'arbitre siffla la fin et la pluie redoubla d'efforts. Un homme vint trouver Nabil. Il était sec sous son parapluie.

— Dommage, vraiment, dit-il en offrant sa main. Votre 10, il s'appelle comment ?

L'homme en costume parlait avec un fort accent.

— Pardon, mais... vous êtes qui ? demanda Nabil.

— Oh, désolé.

Il posa une main sur son cœur.

— Sven Mislintat.

— Nabil Belkacem. Vous êtes de l'organisation ? Si c'est pour le prix du fair-play, on n'avait quasiment pas fait de fautes avant ce match.

L'homme sourit.

— Non, je suis *scout*... Euh, comment dites-vous... recruteur ? Pour un club anglais. Votre meneur m'intéresse. Si vous le permettez, j'aimerais le rencontrer.

— Vous vous appelez comment déjà ?

— Sven Mislintat. Je travaille pour Arsenal.

— Vous auriez une carte, ou... quelque chose ? Je suis désolé mais j'ai du mal à vous croire.

De la main qui tenait le parapluie, l'homme ouvrit sa veste, d'où il tira une carte de visite frappée du logo d'Arsenal, un canon doré dans un blason rouge.

— Qu'est-ce que vous faites ici ? demanda Nabil en lui rendant sa carte.

L'homme fit signe qu'il pouvait la garder.

— Ça fait deux semaines que je me promène dans le coin. Il y a plein de bons joueurs. J'en supervise à Lorient, Brest, Guingamp, Rennes... On m'a parlé de ce tournoi, j'ai eu envie de jeter un œil.

— On vous a expliqué qui sont ces jeunes ?

— Il n'y a que le jeu qui m'intéresse. Si je rencontre un crack, je me fous qu'il ait braqué une épicerie à douze ans et demi.

— Le petit là, le 10, il s'appelle Wilfried. Il a dix-sept ans, presque dix-huit.

— C'est un bon joueur. Intelligent.

— Ça fait deux ans qu'il ne s'entraîne plus, mais il a fait toute sa formation à l'AJ Auxerre.

— Vous avez des vidéos de ses matchs ?

— Non. J'ai pas de vidéos. C'est pas mon boulot. Mon boulot, c'est de les sortir de la galère. Je crois que vous ne vous rendez pas compte à quel point ces gosses sont mal en point.

— Je peux lui parler ?

— Non. S'il est intéressé, il vous appellera.

Nabil se passa une main sur le visage. Il était bon à essorer. L'homme acquiesça d'un signe de tête et Nabil lui tourna le dos pour rejoindre ses joueurs.

Dans l'épais silence de la défaite, le vestiaire se remplit de culpabilité. Ceux qui ont fauté le savent. Parfois, ils parlent.

— Désolé, les gars, j'ai merdé.

Les murs étaient trop fins pour ne pas entendre les vainqueurs. Ils étaient en finale. Ils le chantaient en passant sous la douche. Il n'y a rien de plus cruel que d'avoir à endurer l'euphorie de son adversaire.

Wilfried fixait son maillot sur le carrelage, comme s'il en attendait quelque chose. Il sut qu'ils auraient droit à un discours en voyant Nabil refermer derrière lui. Entendre qu'ils avaient fait un bon match, qu'ils y étaient presque, que la prochaine fois serait la bonne, et toutes ces phrases à la con que seuls peuvent prononcer des types qui n'ont jamais eu à se dépasser, le mettait hors de lui.

Nabil improvisa :

— Ce qui s'est passé aujourd'hui, j'aimerais que vous vous en serviez toute votre vie. Les erreurs se paient cash. Retenez ça : les erreurs se paient cash. On arrête de courir ? On se repose sur le copain ? But. Messieurs, retenez-le, car vous serez à nouveau confrontés à l'échec. Demandez-vous pourquoi vous avez merdé. Depuis le banc, c'était flagrant : il n'y avait plus d'équipe. J'ai vu onze mecs jouer pour que la défaite ne soit pas de leur faute. Sachez qu'on ne s'en sort jamais seul. Ceux qui se vantent du contraire sont des menteurs.

La cérémonie de clôture dura le temps d'une *Marseillaise*. Des huiles félicitèrent la délégation du Centre-Ouest, vainqueur du Michelet 2018, tandis qu'Adil titillait des militaires en faction.

— Messieurs, je ne me sens pas en sécurité. Vous avez vu tous ces délinquants ? Faites quelque chose, je vous en supplie. Sauvez-moi de cette racaille.

Nabil le ramena auprès du groupe.

— Ça te fait rire ? lança Nina à Wilfried.

— Il me tue, ce mec, il est dingue.

Quelque chose, chez elle, avait changé.

— T'as enlevé ta minerve ? À l'hosto, ils avaient dit deux semaines. Ça fait même pas six jours.

— J'en pouvais plus. Ça me donnait chaud et ça m'empêchait de bouger.

— Je crois que c'est le but, Nina, de pas bouger.

Elle tira la langue, comme une enfant.

— Y'avait un recruteur, dit-elle. Il voulait te parler.

— Un recruteur ? Il cherchait quoi ? Un remplaçant à Trifouillis-les-Oies ?

— Non, je crois qu'il bosse chez les pros.

Elle lui tendit la carte de visite. Wilfried l'inspecta comme un faux billet, puis il y eut un silence, le temps de déterrer un vieux rêve.

— Qu'est-ce que tu vas faire ? demanda Nina.

Il sourit.

— Je vais retourner au CEF. Il me reste un mois.

— Le foot, tu laisses tomber ?

— Je laisserai jamais tomber le foot. Mais dans deux semaines, j'aurai dix-huit ans. Nina, faut être réaliste, je serai peut-être un bon joueur de National, si j'ai de la chance je toucherai la Ligue 2... Mais c'est trop dangereux, je peux plus tout miser sur un nouveau mec de bord de touche, qui distribue des cartes de visite d'Arsenal.

— Tu vas faire quoi, alors ?

— Je vais me trouver un boulot. Serveur. Vendeur. Chauffeur Uber. Je verrai. Ensuite je prendrai un appart', et une fois que j'aurai tout ça, je pourrai revoir Viviane.

— T'as des nouvelles ?

— Non... Mais je lâcherai pas. C'est ma famille cette fille, c'est sûr.

L'éducatrice ne sut pas quoi dire. Elle lui rendit son sourire.

Wilfried alla s'asseoir à sa place, toujours la même. Il mit ses écouteurs, rédigea un long message pour Nina, qu'il enregistra dans les brouillons de son téléphone, et s'endormit. Il n'était pas loin de 23 heures quand le bus s'arrêta en sortie d'Auxerre, devant la vieille Clio de la PJJ.

Nina klaxonna en signe d'au revoir, passa le péage et fut soudain seule dans la nuit noire, seulement éclairée par le halo de ses phares. Elle souffla en pensant au mariage qui l'attendait et toucha l'arrière de son crâne pour sentir les points. Elle alluma la radio, reconnut le jingle d'Autoroute FM, l'éteignit aussitôt. Une tristesse montait en elle. La tristesse d'une enfant sur la banquette arrière de la voiture de ses parents, au retour d'un voyage scolaire. Elle coupa la clim et baissa la vitre. L'air s'engouffra violemment. Il lui restait deux heures de route.

Wilfried les voyait venir de loin, ces bourgeoises qui traversaient le pont des Arts en tirant leurs chiards à trottinette. Elles méprisaient le sport comme les intellectuels le rap français : on n'y connaît rien mais on n'en pense pas moins. Celle-ci voulait être rassurée :

— Mon fils aimerait que je l'inscrive dans un club de foot, mais je vous avoue que l'idée ne m'emballe pas vraiment…

Bottines, jean slim, cachemire et veste en cuir. Cinquante kilos, deux mille euros de fringues sur le dos.

— Il y a des blessés, des bagarres, c'est violent comme sport, non ?

En retrait, son gosse priait pour qu'elle se taise. Depuis la victoire en Coupe du monde, il rêvait de frappes à la Pavard, comme tous les petits de sa classe.

— Sur le terrain, il y a des contacts, concéda Wilfried, mais cela n'a rien à voir avec le rugby, le hand ou le hockey… Et puis les arbitres sont là pour protéger les joueurs. Non, en vrai, le seul risque c'est de se casser une jambe. C'est pour ça qu'on porte des protège-tibias.

— Vous vendez des casques ?

Wilfried écarquilla les yeux.

— Des casques de quoi ?

— Des casques de foot. Pour protéger son crâne.

Wilfried jeta un œil au gamin. Chino beige, chemise cintrée sur un corps pas terminé. Lui avait enfilé son premier jean pour passer devant la juge pour enfants. Il avait dix-sept ans et s'était senti déguisé.

— Madame, je suis désolé mais on ne porte pas de casque sur un terrain de foot. Il faut pouvoir jouer le ballon de la tête…

Elle parut étonnée. Remercia et prit son fils par la main.

Une autre femme attendait son tour, détaillant les crampons sur le présentoir. Wilfried marcha dans sa direction. Elle se retourna.

— Dites donc, rue de Rivoli. Pour un premier boulot, on s'emmerde pas !

Elle pinça le badge métallique épinglé à sa poche de chemise, lut son nom en lettres capitales – WILFRIED – et recula d'un pas.

— T'as de l'allure. Y'a pas à dire.

Wilfried ne put s'empêcher de sourire.

— Nina, putain, zéro respect. Mille ans que je t'ai pas vue et direct tu vannes !

— Et ça fait des manières... Wilfried Desson s'embourgeoise, qui l'eût cru ?

Il rit et jeta un œil vers le fond du magasin pour localiser son chef.

— Qu'est-ce que tu fais là ?

— J'ai croisé un mec hier à la caisse d'Inter, il poussait des jumeaux dans un caddie. Sa femme baragouinait en espagnol. C'était Driss. Il m'a soufflé que tu taffais là.

— Ouais, ça fait six mois.

— Ça te plaît ?

— De ouf. T'as vu le quartier ? C'est grave beau. À chaque fois que je tourne la tête, je prends une claque.

Wilfried mentait. Il se sentait dans cette ville comme une bonne philippine dans un hôtel particulier. Elle pouvait admirer le marbre dans la salle de bains et l'inox du plan de travail, mais n'oserait pas étendre ses jambes sur le canapé car tout lui rappelait qu'elle n'était pas de ce monde. Wilfried attendait le trajet en RER pour redevenir lui-même, quand la ligne D retrouvait des arrêts familiers – Vigneux, Juvisy, Grigny... Nina lui demanda où il habitait.

— À Ris. J'ai vécu un peu chez Tomo au début... Mon entraîneur, tu te souviens ?

Tomo avait étendu un drap sur le canapé. Lui avait prêté un oreiller. Il n'avait pas hésité. Leur colocation dura deux mois. Puis un studio se libéra près de la gare.

— Le magasin, c'est provisoire, le temps que je passe mes diplômes d'entraîneur. Quand je les aurai, je pourrai gérer des jeunes. Les seniors, faut un autre certificat. Mais j'ai le temps pour ça, j'ai que dix-neuf ans.

— Je te l'avais dit, Wilfried : un jour ou l'autre, tout le monde passe des examens. Même Zidane, avec son Ballon d'or, il est retourné à l'école.

— Ouais enfin, on lui a filé le Real Madrid ! Ramos et Isco, c'est pas les petits de Ris que leurs daronnes inscrivent pour qu'ils maigrissent !

Nina laissa échapper un rire et le regarda dans les yeux. Il avait l'air serein. Ses cheveux avaient retrouvé leur couleur naturelle, un joli brun sablé. La barbe qu'il laissait pousser le rendait plus mature qu'il ne l'était.

— J'ai bien reçu ton message, elle souffla. Enfin, tu sais, celui du Michelet.

Il faisait une chaleur étourdissante. Wilfried la regarda ôter son manteau et le rouler autour de son bras. Les sourcils froncés, elle lança :

— Je sais pas comment tu fais avec cette musique… ça te file pas la migraine ?

— Au début, si, un peu. Je l'entends même plus.

— Bon, se reprit Nina. Je viens pas pour rien. Faut que tu m'aides à changer de crampons. Les miens, j'ose plus les montrer.

— Attends, j'ai de la frappe pour toi, dit Wilfried, et il réapparut avec deux boîtes Adidas. C'est allemand et ça pue le foot. Ça colle à ton style.

— C'est quoi, mon style ?

Wilfried haussa les épaules.

— Bah, daronne. Tu vas pas mettre des Nike orange, quoi. Là, regarde, des Copa Mundial : cuir de kangourou, portées par les plus grands depuis la nuit des temps. Même Pelé, il les avait, je crois.

Nina enfila le pied droit pendant que Wilfried retirait le papier journal de la deuxième paire.

— Et là, des Predator. Elles existent en noir mais elles sont plus stylées en blanc. Özil les porte à Arsenal.

Nina enfila la chaussure gauche. Elle avait l'air d'un guignol, habillée comme ça : en jean, perchée sur des crampons dépareillés.

— Arsenal, au fait, tu les as jamais relancés ?

Wilfried se gratta la tête.

— Le Suédois, là... Si, j'avais laissé un message en disant : « Je suis le joueur que vous avez vu à Rennes, mon éducatrice m'a donné votre carte... » Il m'a pas rappelé. Je me suis dit que c'était un signe.

— Fait chier, souffla Nina.

— C'était sûr. Genre le recruteur d'Arsenal va miser sur un petit délinquant de merde pour renforcer... Ils te gênent les lacets ?

— Comment ça ?

— Attends, je vais te filer la version sans lacets. Tu vas voir, tu sens le ballon comme si t'étais pieds nus.

— Parle pas comme ça, Wilfried, lâcha Nina.

— Comme quoi ?

— « Délinquant de merde ». Parle pas de toi comme ça. Délinquant. Racaille. C'est des pancartes qu'on te plante dans le dos, ça.

Le jeune homme baissa la tête en se pinçant les lèvres. Nina fit quelques mètres jusqu'au miroir. Elle examina son profil, les Predator aux pieds, comme quelqu'un qui s'apprête à sortir.

— Je te les prends.

— Attends, elles sont chères. 179 euros. Si je les mets à mon compte, ça te fait une réduc de quarante pour cent. Ça vaut le coup…

— T'inquiète, Wilfried, je vais jouer avec pendant cinq ans, c'est un investissement. Et puis je gagne ma vie. Je suis une daronne, hein, c'est toi qui le dis.

Wilfried sourit et lui tendit la boîte. Les caisses étaient à l'étage.

— Tu as le temps de déjeuner ? proposa Nina.

Elle avait l'air gênée.

Wilfried avait tombé la chemise pour un t-shirt blanc, tout simple. Nina lui emboîta le pas. Ils achetèrent deux sandwichs dans une boulangerie hors de prix et se posèrent sur les quais de Seine. Wilfried fixait l'eau trouble en se demandant s'il restait des poissons.

— Et les filles, osa Nina. Ta Viviane ?

— Oh ! Elle ?

Sa voix sonnait faux. *Viviane.* Des mois qu'il n'avait pas prononcé ce prénom.

— Aux dernières nouvelles, elle a fugué à Lyon. Elle vit là-bas.

Nina se souvenait. L'abruti, la came, les passes à cinquante balles.

— Elle est sûrement enceinte, dit Wilfried avant de laisser échapper un rire.

— Enceinte à quinze ans, je vois pas ce qu'il y a de marrant, grinça Nina.

Il se reprit :

— En tout cas c'est le vrai plus de Paris : des petites meufs, j'en croise à chaque coin de rue. Tu vois le Urban Outfitters à côté du magasin ? C'est le *Charles-de-Gaulle*, cet endroit, une piste d'atterrissage : que des avions de chasse !

Nina sourit, et attaqua son jambon-beurre. Pendant cinq minutes ils n'échangèrent plus un mot, observant le ballet des joggers et des couples à poussette, puis Wilfried demanda :

— Et toi, ça va ?

C'était la première fois qu'il lui posait la question.

— Ça va, souffla-t-elle sans réfléchir.

Puis elle corrigea :

— J'ai un cas difficile qui me prend tout mon temps.

— Pire que moi ?

— T'es une crème à côté.

— Il a fait quoi ?

— C'est un petit des Pyramides. Il a le cerveau carbonisé par le quartier. J'arrive à rien. Faut que je trouve la faille. Y en a toujours une.

— J'en avais une, moi, de faille ?

Nina s'essuya les doigts. Elle pivota pour le regarder dans les yeux mais le soleil brillait dans son dos.

— Tu sais, Wilfried, quand la mesure s'arrête, normalement je dis toujours la même phrase : « J'espère ne jamais te revoir. » Et dans les faits, ceux qui s'en sortent disparaissent. Ils s'évaporent. Une collègue a été invitée au mariage d'un ancien, et Marc, mon chef, a recroisé des jeunes du foyer à un enterrement. Mais c'est très rare. En vrai, ça n'arrive jamais.

Wilfried détourna le regard.

— Je vais pas me répéter, Nina, parce que j'ai pas envie de pleurer devant une fille, et tout. Mais t'as reçu mon message.

Nina l'embrassa sur les joues. Cela faisait si longtemps qu'elle serrait des mains, qu'elle eut soudain l'impression de violer la loi. Ils revinrent sur leurs pas, sans un mot, et se quittèrent devant le magasin. Wilfried lui fit signe, comme on souhaite bonne route à un ami avant un long voyage.

— Tu les aimes avec de l'expérience, toi, hein ? Mûres comme une pêche bien juteuse, ricana un collègue dans son dos.

— Ferme ta gueule, le fusilla Wilfried. C'est ma mère.

Le mec se tut comme s'il s'était fait sectionner les cordes vocales. Wilfried le bouscula et marcha droit vers la remise où il se fit couler un café.

Il tenta de retrouver son calme en fixant la mousse qui progressait dans la tasse, puis s'assit en tailleur au milieu des boîtes à chaussures. Il but une gorgée. La voix de Nina résonnait dans son crâne : « Tu auras encore envie de péter les plombs. Ça arrivera. » Il se demanda ce qu'il adviendrait s'il frappait un collègue. Une lettre interne, un entretien avec le directeur du magasin, une plainte, une garde à vue. La correctionnelle. Du sursis. Du ferme.

Wilfried resta un moment devant la porte, assailli par ses pensées. Frapper en premier. Viser de bas en haut pour briser l'arête du nez. Il les regardait défiler, mais différemment cette fois, comme on le fait au passage d'un train : l'espace de trente secondes, le vacarme s'impose, puis la vie reprend.

Il prit une profonde inspiration, rajusta le badge sur sa poche.

Et ouvrit la porte.

Mon père était éducateur à la PJJ. Mais à l'époque j'étais trop petit pour qu'il me raconte ce que ça voulait dire, PJJ, et un jour il a quitté la Justice pour l'Éducation nationale.

Ce que je savais, c'est qu'il avait une équipe autour de lui. Des éducs que le hasard avait fait se rencontrer dans un appartement d'Évry, au milieu des délinquants. L'amitié est vite arrivée. Ils étaient partis en vacances ensemble, avaient fait des soirées, des enfants, ils s'étaient vus vieillir sans que le lien ne se brise. Nous, leurs mômes, on savait pas trop ce qu'ils faisaient comme métier mais faut dire la vérité, on était petits, on s'en foutait.

En 2011, j'avais échoué dans le sport et j'étais devenu journaliste. Je commençais à peine, j'étais stagiaire à *Libération* quand le film *Polisse* est sorti au cinéma. Je m'en souviens bien parce que ça avait créé un débat avec mon coloc. Il l'avait trouvé caricatural. Les histoires de ces gosses pris en charge par la Brigade des mineurs, il y croyait pas. Trop cliché. Moi, j'y avais cru. J'avais trouvé ça fort.

Le week-end suivant, j'étais chez un ami de mon père, un éducateur devenu directeur de la PJJ du département. Abdeslam Kessar, il s'appelait, mais on disait Salem. C'était un mec en or, vraiment. J'écris à l'imparfait parce que le cancer, ce fils de pute, l'a emporté en 2016.

Bref. Ce soir-là, j'ai demandé son avis à Salem : « Et toi, *Polisse*, t'en penses quoi ? » Je me souviens de sa réponse, il a levé le nez du *nahnah* qu'il préparait pour accompagner le dessert et dit : « J'ai beaucoup aimé. C'est très en deçà de la réalité, mais j'ai beaucoup aimé. »

J'avais beau être un puceau du journalisme, je m'étais quand même dit à l'époque : J'aimerais bien voir à quoi elle ressemble, du coup, cette réalité.

Salem est mort au printemps. Il faisait hyperbeau, le matin de son enterrement. Je pouvais à peine respirer tellement je pleurais mais je me souviens qu'il y avait un monde fou dans le cimetière de Corbeil, une foule d'anciens de la PJJ, des sales gosses, venus avec leur femme et leurs enfants, dire au revoir à un homme qui avait compté pour eux.

C'est là que je me suis dit : Il faut y aller.

J'ai expliqué à la direction de la PJJ, à Paris, que je voulais intégrer une équipe. N'importe laquelle. Peu de temps après, je commençais une immersion de six mois à la PJJ d'Auxerre. Ce qui devait être un article, ou un livre de journaliste, est devenu un roman dans lequel vous avez croisé, sans le savoir, un peu de l'histoire de mon père, de celle de Salem, de Marc, de Jean-Pierre, de Nathalie, de Marianne. Bien sûr, il y a un peu de moi aussi, et un peu du milliard de personnes que j'ai croisées en trente ans de vie à Ris-Orangis.

Un immense merci à tous ceux qui se sont reconnus dans ces pages.

13184

Composition
FACOMPO

Achevé d'imprimer en Espagne
par CPI Black Print
le 28 juin 2022.

Dépôt légal : juillet 2021.
EAN 9782290227435
OTP L21EPLN002702A004

ÉDITIONS J'AI LU
87, quai Panhard-et-Levassor, 75013 Paris

Diffusion France et étranger : Flammarion